HEYNE
BÜCHER

Vom gleichen Autor erschienen außerdem
als Heyne-Taschenbücher

Die Kanonen von Navarone · Band 01/411
Nacht ohne Ende · Band 01/433
Die Überlebenden der Kerry Dancer · Band 01/504
Jenseits der Grenze · Band 01/576
Angst ist der Schlüssel · Band 01/642
Eisstation Zebra · Band 01/685
Die schwarze Hornisse · Band 01/944
Agenten sterben einsam · Band 01/956
Der Satanskäfer · Band 01/5034
Geheimkommando Zenica · Band 01/5120
Souvenirs · Band 01/5148
Tödliche Fiesta · Band 01/5192
Dem Sieger eine Handvoll Erde · Band 01/5245
Die Insel · Band 01/5280
Nevada Pass · Band 01/5330
Golden Gate · Band 01/5454
Circus · Band 01/5535
Die Meerhexe · Band 01/5657
Goodbye Kalifornien · Band 01/5921
Geiseldrama in Paris · Band 01/6032
Die Hölle von Athabasca · Band 01/6144
Höllenflug der Airforce 1 · Band 01/6332
Der Traum vom Südland · Band 01/7013

ALISTAIR MACLEAN

FLUSS DES GRAUENS

Roman

Aus dem Englischen übersetzt
von Gisela Stege

WILHELM HEYNE VERLAG
MÜNCHEN

HEYNE ALLGEMEINE REIHE
Nr. 01/6515

Titel der englischen Originalausgabe
RIVER OF DEATH

2. Auflage

Printed in Germany 1985
Umschlagfoto: Photodesign Mall, Stuttgart
Umschlaggestaltung: Atelier Ingrid Schütz, München
Gesamtherstellung: Elsnerdruck GmbH, Berlin

ISBN 3-453-02095-2

Prolog

Die Dunkelheit senkte sich auf das uralte griechische Kloster herab, und am wolkenlosen Himmel der Ägäis funkelten die ersten Abendsterne. Das Meer lag ruhig, die Luft war still und duftete tatsächlich, wie so oft besungen, nach Wein und Rosen. Der Mond stand beinahe rund über dem Horizont und badete die leicht gewellte Landschaft in seinem sanften, milden Licht. Dies verlieh der sonst so harten, abweisenden Silhouette des dunkel dräuenden Klosters einen magischen Reiz, der freilich nicht die Kraft zu besitzen schien, das altehrwürdige Gemäuer aus seinem Jahrhunderte währenden, friedlichen Schlummer zu wecken. Was sich allerdings im Inneren des Klosters abspielte, das spiegelte die verträumte Atmosphäre der Außenwelt leider kaum wider. Der magische Zauber hatte sich verflüchtigt, niemand schlummerte, von Frieden konnte keine Rede sein, die Dunkelheit war dem Licht qualmender Ölfackeln gewichen, und den Duft von Wein und Rosen hätte man wohl vergeblich gesucht. Acht uniformierte SS-Männer schleppten Eichenholzkisten

durch den gefliesten Gang. Die messingbeschlagenen Kisten waren zwar klein, aber so schwer, daß vier Mann nötig waren, um sie zu tragen. Ein Scharführer beaufsichtigte sie.
Vier Männer beobachteten die Aktion. Zwei davon waren hohe SS-Offiziere. Der eine, Wolfgang Mechtel, ein hochgewachsener, hagerer Mann mit kalten, blauen Augen, war mit seinen fünfunddreißig Jahren bereits Oberführer. Der etwa gleichaltrige Heinrich Spatz, ein untersetzter, dunkelhaariger Mann, dem seine finstere Miene anscheinend zur zweiten Natur geworden war, bekleidete den Rang eines Standartenführers. Die beiden anderen waren Mönche in braunen Kutten, alte, würdevolle Männer, deren Stolz im Augenblick jedoch mit der Furcht kämpfte. Sie ließen die Eichenholzkisten keine Sekunde aus den Augen. Mechtel tippte dem Standartenführer mit dem goldenen Knauf seines Malakkarohrs, das wohl kaum zur üblichen Ausrüstung von SS-Offizieren gehörte, auf die Schulter.
»Standartenführer, ich denke, wir machen mal eine kleine Stichprobe.«
Der Standartenführer erteilte einer Gruppe einen Befehl. Nicht ohne Schwierigkeiten setzten die Männer ihre Kiste ab. Der Standartenführer kniete nieder, klopfte die Haltebolzen aus den Haspen und hob den Deckel. Das Kreischen der uralten Metallscharniere zeugte davon, daß viele Jahre vergangen sein mußten, seit die Kiste zum letztenmal geöffnet worden

war. Im flackernden Licht der stinkenden Ölfackeln glitzerte der nun sichtbare Inhalt, als sei er lebendig. Die Kiste enthielt buchstäblich Tausende von Goldmünzen, die so makellos glänzten, als wären sie frisch geprägt worden. Nachdenklich rührte Mechtel mit dem Knauf seines Rohrs in dem Münzberg und weidete sich an ihrem Funkeln. Dann wandte er sich an Spatz.

»Echt, meinst du nicht auch, Heinrich?«

»Ich bin schockiert«, erklärte Spatz, doch sein Gesicht strafte ihn Lügen. »Zutiefst schockiert. Die frommen Patres handeln mit schnödem Mammon!«

Mechtel schüttelte bekümmert den Kopf. »Heutzutage kann man niemandem mehr trauen.«

Mit einer Bewegung, die ihn anscheinend ebensoviel körperliche Anstrengung wie Willenskraft kostete, wandte einer der Mönche den Blick vom glitzernden Inhalt der Kisten ab und sah Mechtel an. Er war sehr mager, tiefgebeugt und uralt. Er mußte näher an neunzig als an achtzig sein. Seine Miene war betont ausdruckslos, den Schmerz in seinen Augen jedoch konnte er nicht unterdrücken.

»Dieser Schatz gehört Gott«, sagte er. »Wir hüten ihn seit Generationen. Und nun haben wir unsere Treuhänderschaft gebrochen.«

»Das Verdienst daran gebührt nicht Ihnen allein«, widersprach Mechtel. »Wir haben ein bißchen nachgeholfen. Keine Angst, wir werden gut darauf aufpassen.«

»Ganz bestimmt«, bestätigte Spatz. »Seien Sie guten Mutes, Pater. Wir werden uns des Verwalteramts würdig erweisen.«
Sie schwiegen, bis die letzte Schatzkiste hinausgeschleppt war, dann deutete Mechtel auf eine schwere Eichentür.
»Gehen Sie zu Ihren Brüdern. Sie werden gewiß freigelassen, sobald man unsere Maschinen starten hört.«
Die beiden seelisch und körperlich gebrochenen Alten gehorchten wortlos. Mechtel schloß die Tür hinter ihnen und legte die beiden schweren Riegel vor. Die SS-Männer schleppten ein Fünfzigliterfaß Benzin herein und rollten es dicht vor die Eichentür. Offenbar hatte man sie zuvor schon genau instruiert. Einer von ihnen schraubte den Verschluß des Benzinfasses ab, während der andere eine Schießpulverspur bis zur Außentür legte. Mehr als die Hälfte des Benzins ergoß sich auf die Steinplatten, und ein Teil davon sickerte unter der Eichentür durch. Den SS-Mann schien es nicht zu stören, daß der Rest im Faß verblieb. Die SS-Leute eilten hinaus, gefolgt von Mechtel und Spatz, die beim Ausgang aber noch einmal stehen blieben. Mechtel riß ein Streichholz an und ließ es auf die Schießpulverspur fallen. Seiner Miene nach zu urteilen, hätte er in einer Kirche sitzen können.
Der Flugplatz lag nur zwei Gehminuten entfernt. Als die beiden Offiziere dort ankamen, hatten die Män-

ner die Kisten bereits in zwei Ju 88 verladen, die in großem Abstand voneinander auf der Rollbahn standen. Die Motoren wurden angeworfen, und auf Mechtels Befehl setzten die Männer sich in Trab und kletterten an Bord der entfernteren Maschine, während Mechtel und Spatz das Vorrecht des Offiziersranges dokumentierten, indem sie lässig auf das näherstehende Flugzeug zuschlenderten. Bereits drei Minuten später befanden sich beide Maschinen in der Luft. Wie in anderen Bereichen, so offenbarte sich auch im Rauben, Plündern und Brandschatzen die teutonische Tüchtigkeit.

Im Heck des Leitflugzeugs, hinter einem Stapel von Kisten, die an sorgfältig vorbereiteten Halterungen im Fußboden festgezurrt waren, saßen Mechtel und Spatz, jeder mit einem Glas in der Hand. Die beiden Offiziere wirkten gelassen und unbekümmert wie Männer, die sicher sein dürfen, gute Arbeit geleistet zu haben. Spatz warf einen flüchtigen Blick aus dem Fenster. Es fiel ihm nicht schwer, das zu entdecken, was er mit Gewißheit dort unten erwartete. Tausend bis fünfzehnhundert Fuß unter der sanft geneigten Tragfläche schlugen helle Flammen aus einem großen Gebäude und beleuchteten das angrenzende Gelände, die Küste und das Meer im Umkreis von nahezu einer halben Meile. Spatz tippte Mechtel auf den Arm und deutete nach unten. Mechtel sah durchs Fenster und wandte sich sofort wieder mit gleichgültiger Miene ab.

»Der Krieg ist doch die Hölle«, stellte er fest, trank einen Schluck des in Frankreich erbeuteten Cognacs und klopfte mit seinem Stock auf die nächststehende Kiste. »Nur das Beste vom Besten für unseren fetten Freund. Wie hoch taxierst du den Wert der jüngsten Bereicherung seiner Schatzkammern?«
»Ich bin kein Fachmann, Wolfgang«, gab Spatz zu bedenken. »Einhundert Millionen Reichsmark?«
»Eine vorsichtige Schätzung, mein lieber Heinrich, eine sehr vorsichtige Schätzung. Und dabei hat er schon tausend Millionen in Übersee.«
»Soviel ich gehört habe, sollen es sogar noch mehr sein. Jedenfalls läßt sich nicht bestreiten, daß unser Reichsmarschall einen geradezu unstillbaren Appetit hat. Man braucht ihn sich nur anzusehen. Glaubst du, *er* wird sich eines Tages *dies hier* ansehen?«
Mechtel lächelte und trank noch einen Schluck Cognac. »Wie lange werden die Vorbereitungen dauern, Wolfgang?«
»Wie lange wird das Dritte Reich noch bestehen? Ein paar Wochen?«
»Nicht, wenn unser geliebter Führer Oberkommandierender bleibt.«
Spatz verzog das Gesicht. »Verdammt noch mal, und ich muß jetzt zu ihm nach Berlin und dort bis zum bitteren Ende ausharren.«
»*Ganz* bis zum Ende, Heinrich?«
Spatz schnitt eine Grimasse. »Um präzise zu sein, fast bis zum bitteren Ende.«

»Und ich werde in Wilhelmshaven warten.«
»Natürlich. Haben wir ein Erkennungswort?«
Mechtel überlegte kurz, dann sagte er: »Kampf bis zum letzten Atemzug.«
Spatz trank einen Schluck Cognac und lächelte wehmütig. »Zynismus, Wolfgang, hat dir noch nie gestanden.«

Selbst in ihren besten Zeiten hätten die tristen Docks von Wilhelmshaven den Tourismus abgeschreckt. Die gegenwärtige Zeit aber konnte man keineswegs zu den besten zählen. Es war eine kalte, stockdunkle Nacht, und es regnete. Man hatte Verdunkelung angeordnet, da der Hafen sich auf den mit unfehlbarer Sicherheit vorauszukalkulierenden Luftangriff der RAF-Lancasters auf die U-Boot-Basis der Nordsee, oder vielmehr das, was noch davon übrig war, vorbereitete. Nur ein sehr kleines Areal war beleuchtet, und das äußerst gedämpft. Es brannten nur wenige, sehr schwache und abgeschirmte Lampen. Aber selbst diese matte Beleuchtung hob sich stark genug von der umgebenden Finsternis ab, um den angreifenden Bombern mit den in der Kanzel hockenden Schützen der Geschwader, die garantiert kommen würden, eine genaue Markierung zu liefern. In ganz Wilhelmshaven gab es niemanden, dem diese Beleuchtung angenehm gewesen wäre, und doch hätte niemand es gewagt, sich dem Oberführer zu widersetzen, der sie angeordnet hatte, zumal dieser Ober-

führer das Amtssiegel von Reichsmarschall Göring mit sich führte.
Oberführer Mechtel stand auf der Brücke eines der neuesten Langstrecken-U-Boote der deutschen Kriegsmarine. Der U-Boot-Kommandant neben ihm schien äußerst beunruhigt über die Aussicht, im Liegebecken des Hafens erwischt zu werden, wenn – wie offenbar unumgänglich – die RAF auftauchte. Er sah aus wie einer, der in seinen Frustrationsqualen am liebsten hin und her gelaufen wäre, nur daß es auf dem Kommandoturm eines U-Bootes nicht viel Platz zum Hin-und-her-Laufen gab. Er räusperte sich im lauten, unverkennbaren Ton dessen, der seinen Worten Nachdruck verleihen will.
»Herr Oberführer, ich muß darauf bestehen, daß wir augenblicklich auslaufen. Auf der Stelle. Wir sind in Lebensgefahr.«
»Mein lieber Kapitän Reinhardt, ich schätze Lebensgefahr ebensowenig wie Sie.« Doch Mechtel machte nicht den Eindruck, als kümmerten ihn Gefahren, ganz gleich, ob tödlich oder nicht. »Aber der Reichsmarschall pflegt ziemlich drastisch mit Untergebenen zu verfahren, die seinen Befehlen nicht gehorchen.«
»Das Risikio gehe ich ein.« Kapitän Reinhardt klang nicht nur verzweifelt, er war es. »Admiral Dönitz wird zweifellos . . .«
»Ich dachte nicht an Sie und Admiral Dönitz. Ich dachte an mich und den Reichsmarschall.«

»Diese Lancasters kommen mit Zehntonnenbomben«, sagte Kapitän Reinhardt unglücklich. »Zehn Tonnen! Ganze zwei davon haben genügt, um die Tirpitz zu versenken. Die Tirpitz, das mächtigste Schlachtschiff der Welt! Können Sie sich vorstellen . . .«

»Nur allzu gut! Aber ich kann mir ebensogut die Wut des Reichsmarschalls vorstellen. Gott weiß, warum, aber der zweite Laster ist anscheinend aufgehalten worden. Wir bleiben.«

Er wandte sich um und blickte den Kai hinunter, wo Soldatentrupps hastig Kisten aus einem Militärlastwagen luden und damit quer über den Kai und die Gangway hinauf bis zu einer Luke nahe der Brücke schwankten. Die Kisten waren klein, aber anscheinend außergewöhnlich schwer. Es waren unverkennbar die Eichenholzkisten, die man aus dem griechischen Kloster geraubt hatte. Die Männer brauchten nicht angetrieben zu werden, denn auch sie waren über die Lancasters im Bilde und kannten die unmittelbare Bedrohung, wußten, daß sie in Lebensgefahr schwebten.

Auf der Brücke schrillte eine Glocke. Kapitän Reinhardt ging zum Telefon, nahm den Hörer ab, lauschte und wandte sich dann Mechtel zu.

»Dringendes Gespräch aus Berlin, Oberführer. Sie können es hier annehmen oder unten, wo sie ungestört sind.«

»Hier oben genügt«, antwortete Mechtel. Er nahm

den Hörer von Reinhardt entgegen. »Ah, Standartenführer Spatz.«
»Kampf bis zum letzten Atemzug«, meldete Spatz. »Die Russen stehen vor den Toren Berlins.«
»Großer Gott – schon?« Mechtel schien aufrichtig entsetzt über die Nachricht, was in Anbetracht der Umstände ja durchaus verständlich war. »Ich wünsche Ihnen alles Gute, Standartenführer. Ich weiß, Sie werden dem Vaterland gegenüber Ihre Pflicht erfüllen.«
»Wie jeder echte Deutsche.« Spatz, den zweifellos auch Kapitän Reinhardt hörte, sprach in einer grandiosen Mischung aus Entschlossenheit und Resignation. »Wir fallen auf unserem Posten. Die letzte Maschine startet in fünf Minuten.«
»Meine guten Wünsche und meine Gebete begleiten euch, mein lieber Heinrich. Heil Hitler!«
Mechtel gab den Telefonhörer zurück, warf einen Blick auf den Kai hinaus, straffte sich und wandte sich hastig an den Kapitän.
»Sehen Sie dort drüben! Der zweite Laster ist gerade gekommen. Jeden Mann, den Sie entbehren können, zum Ausladen!«
»Jeder Mann, den ich entbehren kann, ist schon beim Ausladen.« Kapitän Reinhardt wirkte resigniert. »Sie wollen alle genauso weiterleben wie Sie und ich.«

Hoch über der Nordsee hallte die Luft wider vom Donnern und Dröhnen zahlloser Motoren. Der Pilot

im Cockpit der Leitmaschine des Lancaster-Geschwaders wandte sich an den Navigator.
»Unsere voraussichtliche Ankunftszeit über dem Zielgebiet?«
»In zweiundzwanzig Minuten«, antwortete der Beobachter. »Der Himmel sei heute abend den armen Schweinen in Wilhelmshaven gnädig.«
»Die armen Schweine in Wilhelmshaven kannst du vergessen«, sagte der Flugzeugführer. »Denk' lieber an uns arme Schweine hier oben. Sie müssen uns inzwischen auf dem Schirm haben.«

In eben diesem Moment nähert sich eine Ju 88 der Stadt Wilhelmshaven von Osten her. An Bord befanden sich nur zwei Personen, ein etwas armseliges Aufgebot für die angeblich letzte Maschine aus Berlin. Standartenführer Spatz, der neben dem Piloten saß, blickte auffallend nervös und besorgt drein. Seine Gemütslage beruhte jedoch keineswegs auf der Tatsache, daß die Junkers praktisch ununterbrochen von explodierenden Flakgranaten umschwirrt war, da fast ihre gesamte Flugstrecke über von den Alliierten besetztes Gebiet führte. Nein, den Standartenführer quälten ganz andere Probleme. Beunruhigt sah er auf die Uhr und wandte sich ungeduldig an den Piloten.
»Schneller, Mann! Schneller!«
»Unmöglich, Standartenführer.«
Der Mann schüttelte den Kopf.

Nicht nur die SS-Männer, sondern auch die Matrosen arbeiteten jetzt in fieberhafter Eile, um die restlichen Schatzkisten aus dem zweiten Militärlaster möglichst schnell in das U-Boot zu verladen. Plötzlich setzten die Luftschutzsirenen mit ihrem an- und abschwellenden, unheimlichen Heulen ein. Wie auf Kommando hielten die Männer in ihrer Arbeit inne und blickten angstvoll zum Nachthimmel empor, obwohl sie genau gewußt hatten, daß es so kommen würde. Gleich darauf nahmen sie mechanisch ihre verzweifelte Schlepperei wieder auf. Man hätte es für unmöglich gehalten, daß sie ihr voriges Arbeitstempo noch steigern konnten, aber genau das taten sie jetzt fraglos. Es ist furchtbar, mit nahezu hundertprozentiger Sicherheit zu wissen, daß der Feind jederzeit auftauchen wird; doch es ist grauenvoll, auch das letzte Quentchen Hoffnung schwinden zu fühlen und zu sehen, die Lancasters sind tatsächlich über einem.

Fünf Minuten später fiel die erste Bombe.

Fünfzehn Minuten später schien der gesamte U-Boot-Stützpunkt Wilhelmshaven in ein Flammenmeer verwandelt zu sein. Dies war eindeutig kein Routineangriff. Hätte Mechtel jetzt die stärksten Bogenlampen, ja sogar Suchscheinwerfer einschalten lassen – niemand hätte den Unterschied bemerkt.

Das ganze Hafengebiet war ein Inferno aus dichtem, stinkendem Qualm, durchschossen von riesigen Feuersäulen, zwischen denen sich wie in einem unbe-

schreiblichen Alptraum schemenhafte, danteske Gestalten bewegten, scheinbar ebensowenig ihre Umgebung beachtend wie das Kreischen der Flugzeugmotoren, die ohrenbetäubenden Bombenexplosionen, den scharfen Peitschenknall der schweren Flak-Feuerstöße und das unaufhörliche Gestotter der Maschinengewehre, wobei man sich kaum vorstellen konnte, was mit Maschinengewehrbeschuß noch zu erreichen sei. Inmitten dieses Aufruhrs beluden SS-Männer und Matrosen, gegen ihren Willen von der schweren Last der Kisten zu automatischen, zeitlupenhaft anmutenden Bewegungen gezwungen, unbeirrt und fatalistisch das U-Boot.
Auf dem Kommandoturm des U-Boots litten Mechtel und Kapitän Reinhardt, eingehüllt vom dichten, stinkenden Qualm brennender Öltanks, unter heftigen Hustenanfällen. Beiden Männern strömten die Tränen über die Wangen.
»Um Gottes willen«, stöhnte Kapitän Reinhardt, »die letzte war eine Zehntonnenbombe. Und direkt auf die U-Boot-Bunker. Dreieinhalb Meter Beton, sogar fünf Meter – ganz egal. Da unten kann jetzt keiner mehr am Leben scin. Die Erschütterung allein hätte genügt, um sie alle zu töten. Mein Gott, Oberführer, lassen Sie uns auslaufen! Bis jetzt haben wir mehr Glück als Verstand gehabt. Wenn alles vorbei ist, können wir ja zurückkommen.«
»Hören Sie, Kapitän, der Luftangriff ist auf dem Höhepunkt. Wenn Sie jetzt versuchen, den Hafen zu

verlassen – ein äußerst langsames Manöver, wie Sie wissen –, dann ist das Risiko, auf dem Wasser getroffen zu werden, nicht geringer als hier am Kai.«
»Mag sein, Oberführer, mag sein. Aber wir würden wenigstens etwas *tun.*« Reinhardt hielt inne; dann fuhr er fort: »Wenn ich das sagen darf, Oberführer, nichts für ungut natürlich, aber Sie müssen doch wissen, daß ich als Kapitän den Befehl über mein Schiff habe.«
»Sogar als Heeresoffizier weiß ich das, Kapitän. Aber ich weiß ebenso, daß Ihnen die Befehlsgewalt erst zusteht, wenn wir abgelegt haben und auf See sind. Wir werden das Beladen beenden.«
»Für das, was ich jetzt sage, könnte man mich vors Kriegsgericht bringen, aber Sie sind unmenschlich, Oberführer. Sie sind vom Teufel besessen.«
Mechtel nickte ungerührt. »Das bin ich, Kapitän. Das bin ich.«

Auf dem Flugplatz von Wilhelmshaven legte ein kaum erkennbares, später als Ju 88 identifiziertes Flugzeug eine so harte Landung hin, daß durch den Stoß fast das Fahrgestell gebrochen wäre. Dieser unsanfte Aufprall war nur allzu entschuldbar, denn die Qualmschwaden waren so unheimlich dicht, daß der Flugzeugführer seine Höhe über der Landebahn blind schätzen mußte. Unter normalen Umständen hätte er nicht im Traum daran gedacht, ein solches Risiko einzugehen, aber die Umstände waren alles andere als normal. Und Standartenführer Spatz war ein Vorgesetzter mit ungewöhnlicher Überzeugungskraft. Noch ehe die Maschine ausgerollt war, öffnete er die Tür und hielt ungeduldig Ausschau nach dem Fahrzeug, das auf ihn warten sollte. Als er endlich einen offenen Mercedes-Stabswagen entdeckte, war er innerhalb von zwanzig Sekunden eingestiegen und befahl dem Fahrer, mit Höchstgeschwindigkeit loszubrausen.

Der Qualm, der das U-Boot einhüllte, war jetzt womöglich noch dichter und beißender als vor wenigen Minuten, obwohl ein plötzlich aufkommender, böiger Wind, zweifellos ein Ausläufer des Feuersturms, baldige Besserung der Sichtverhältnisse verhieß. Doch so heftig der Qualm auch in den Augen brannte, er hinderte Mechtel nicht daran zu sehen, worauf er ungeachtet seiner äußerlich kühlen, entspannten Gelassenheit so verzweifelt wartete.
»Das wär's dann also, Kapitän Reinhardt, das wär's. Die letzte Kiste ist an Bord. Jetzt lassen Sie Ihre Männer raufkommen, Kapitän, und dann lassen *Sie* sich mal vom Teufel reiten.«
Kapitän Reinhardt war in einer Verfassung, in der man ihm das nicht zweimal sagen mußte. Um sich in dem immer noch donnernden Getöse verständlich zu machen, gab er seinen Männern brüllend den Befehl, an Bord zu kommen, die Leinen loszuwerfen und die Maschinen auf langsame Fahrt voraus zu stellen. Die

letzten Matrosen kletterten noch hastig die schlingernde Gangway hinauf, da legte das Boot auch schon ab. Aber kaum hatte es sich ein paar Meter von der Kaimauer entfernt, als Mechtel aufgeschreckt zurückblickte und sah, wie ein Automobil mit kreischenden Bremsen zum Stehen kam.
Spatz war schon aus dem Mercedes gesprungen, bevor dieser anhielt. Er stolperte, fing sich aber gleich wieder und starrte mit verzerrtem Gesicht dem langsam dahingleitenden U-Boot nach.
»Wolfgang!« Spatz rief nicht, er schrie. »Wolfgang! Um Gottes willen, so warte doch!« Plötzlich wich der verzweifelte Ausdruck auf seinem Gesicht ungläubiger Fassungslosigkeit. Mechtel hatte eine Pistole auf ihn gerichtet. Sekundenlang verharrte Spatz völlig regungslos, vom Schock überwältigt und erstarrt. Dann kam, gleichzeitig mit dem Knall der Pistole Mechtels, die Erkenntnis, und er warf sich blitzschnell zu Boden, während die Kugel nur wenige Zentimeter von ihm entfernt einschlug. Spatz riß seine Luger aus dem Halfter und feuerte das ganze Magazin dem langsam weitergleitenden U-Boot nach, eine Geste, die zwar seiner hilflosen Wut Linderung verschaffte, aber ansonsten sinnlos war, denn der Kommandoturm war leer. Mechtel und Kapitän Reinhardt hatten sich vorsichtshalber hinter die Stahlwand geduckt, an der Spatz' Kugeln wirkungslos abprallten. Und dann war das U-Boot plötzlich inmitten wirbelnder Qualmwolken verschwunden.

Spatz rappelte sich auf Hände und Knie hoch. Dann stand er auf und starrte voll bitteren Zorns in die Richtung, die das U-Boot gewonnen hatte.
»Möge deine Seele zur Hölle fahren, Oberführer Mechtel!« stieß Spatz leise zwischen den Zähnen hervor. »Die Parteikasse der Nazis. Die SS-Kasse. Ein Teil von Hitlers und Görings Privatvermögen. Und nun die Schatzkisten aus Griechenland. Mein lieber, vertrauenswürdiger Freund.«
Er lächelte fast wehmütig.
»Aber die Welt ist klein, Wölfchen, mein Freund, sehr klein, und ich werde dich finden. Das Dritte Reich ist untergegangen. Aber ein Mann braucht etwas, wofür er leben kann.«
Ohne Eile lud er seine Luger nach, klopfte sich Schmutz und Nässe von den Kleidern und kehrte festen Schrittes zum Stabswagen zurück.
Der Pilot saß in seiner Maschine und studierte eine Karte, als Spatz an Bord der Ju 88 kletterte und neben ihm Platz nahm. Der Flugzeugführer sah ihn erstaunt an.
»Ihr Tank?« erkundigte sich Spatz.
»Ist voll. Ich ... Ich hatte Sie nicht zurückerwartet. Ich wollte gerade nach Berlin starten.«
»Nach Madrid.«
»Madrid?« Jetzt wich sein Staunen unverhohlener Verwirrung. »Aber meine Befehle ...«
»Hier sind Ihre neuesten Befehle«, entgegnete Spatz und zog seine Pistole.

1

Die Kabine faßte dreißig Personen. Die Maschine war schäbig, ramponiert, schmutzig und stank mörderisch. Sie spiegelte treffend das Erscheinungsbild ihrer Passagiere wider, von denen wohl keiner für den Jet-set hätte kandidieren können. Zwei von ihnen konnte man wohl allerdings als Ausnahmen bezeichnen. Zumindest unterschieden sie sich von den übrigen, obwohl auch sie niemals mit dem Jet-set verwechselt worden wären. Ihnen fehlte nämlich das pseudoaristokratische Fluidum der wahrhaft reichen Müßiggänger. Der eine im braunen Safarianzug nannte sich Edward Hiller – in diesem abgelegenen Winkel Südbrasiliens galt es als unfein, seinen wirklichen Namen anzugeben. Hiller war ungefähr fünfunddreißig, untersetzt, blond, mit hartem Gesicht. Er sah aus wie ein Europäer oder Nordamerikaner. Er schien seine Zeit damit zu verbringen, trübsinnig die Gegend zu betrachten, eine Beschäftigung, die sich nicht lohnte, da der Landstrich sich von zehntausend anderen Quadratmeilen dieses buchstäblich unbekannten Weltteils in nichts unterschied. Alles,

was es zu sehen gab, war ein Nebenfluß des Amazonas, der sich durch das endlose Grün des Regenwaldes auf dem Planalto de Mato Grosso dahinschlängelte. Der andere Mann war insofern eine Ausnahme, als auch er mit den Grundprinzipien der Hygiene nicht unvertraut zu sein schien. Er behauptete, Serrano zu heißen, trug einen leidlich sauberen, eierschalenfarbenen Anzug und war etwa in Hillers Alter. Er war schlank, schwarzhaarig, mit schwarzem Schnurrbart und dunkler Hautfarbe. Serrano hätte Mexikaner sein können. Er betrachtete nicht die Gegend, sondern Hiller, und zwar aufmerksam.
»Wir werden gleich in Romono landen.« Die Stimme aus dem Lautsprecher klang kratzig und blechern, die Worte waren kaum zu verstehen.
»Bitte anschnallen.«
Die Maschine legte sich in eine Kurve, verlor schnell an Höhe und begann ihren Anflug unmittelbar über und parallel zum Flußlauf. Mehrere hundert Fuß unter ihrer Flugbahn arbeitete sich ein kleines, offenes Boot mit Außenbordmotor langsam flußaufwärts.
Dieses Boot – bei näherem Hinsehen ein ziemlich klappriges Gefährt – hatte drei Insassen. Der auffälligste von ihnen, ein gewisser John Hamilton, war hochgewachsen, breitschultrig, kräftig gebaut und ungefähr vierzig Jahre alt. Er hatte wache, braune Augen, die freilich so ungefähr das einzig Erkennbare in seinem Gesicht waren, denn er war ausgespro-

chen verdreckt, abgerissen und unrasiert. Hamilton sah aus, als habe er erst vor kurzem Schreckliches durchgemacht, ein Eindruck, der noch dadurch verstärkt wurde, daß seine schmutzigen Kleider zerrissen, Gesicht, Hals und Schultern blutverschmiert waren. Seine beiden Begleiter sahen vergleichsweise respektabel aus. Sie wirkten schlank, drahtig und knapp zehn Jahre jünger als Hamilton. Sie waren eindeutig lateinamerikanischer Herkunft, hatten olivbraune Gesichter, die lebhaft, humorvoll und intelligent schienen, und sahen sich so auffallend ähnlich, daß selbst ein Fremder sie als Zwillinge erkannt hätte. Aus Gründen, die sie für sich behielten, gaben sie sich als Ramon und Navarro aus. Die beiden musterten Hamilton, der erstaunlicherweise wirklich Hamilton hieß, mit kritischen, nachdenklichen Blicken.

»Sie sehen mies aus«, stellte Ramon fest.

Navarro nickte zustimmend. »Man sieht auf den ersten Blick, daß er Schreckliches durchgemacht hat. Aber meinst du, er sieht wirklich mies genug aus?«

»Möglicherweise nicht«, entschied Ramon. »Eine Spur mehr noch, vielleicht. Ein bißchen hier, ein bißchen da.« Er beugte sich vor und machte sich daran, einige der Risse in Hamiltons Kleidung noch zu vergrößern. Navarro bückte sich, hob eine blutverschmierte Hand und schmückte Hamiltons Gesicht, Hals und Brust mit ein paar zusätzlichen roten Flecken. Dann betrachtete er seine Arbeit kritisch.

Anscheinend war er mit dem Ergebnis seiner kreativen Betätigung mehr als zufrieden.
»Mein Gott, Mr. Hamilton!« Voll mitleidiger Bewunderung schüttelte er den Kopf. »Müssen Sie Entsetzliches hinter sich haben!«

Auf dem verwitterten Schild am Flughafengebäude, das kaum mehr war als ein Schuppen, stand zu lesen: »Willkommen auf dem Internationalen Flughafen von Romono«, was entweder ein Kompliment für den blinden Optimismus dessen bedeutete, der es gebilligt hatte, oder für den Mut des Malers. Noch nie war hier eine »internationale« Maschine gelandet, und es würde auch nie eine hier landen, denn kein vernünftiger Mensch aus dem Ausland käme auf die Idee, ausgerechnet Romono einen Besuch abzustatten, und im übrigen war die einzige, grasbewachsene Rollbahn so kurz, daß keine Maschine, die nach der vierzig Jahre alten DC-3 konstruiert wurde, überhaupt hier landen könnte.
Die Maschine, die den Anflug über dem Flußlauf genommen hatte, landete und kam nicht ohne Schwierigkeiten unmittelbar vor dem baufälligen Flughafengebäude zum Stehen. Die Passagiere stiegen aus und gingen zu dem wartenden Bus hinüber, der sie in die Stadt bringen sollte.
Serrano hielt sich vorsichtig zehn Passagiere hinter Hiller, hatte aber weniger Glück, als sie den Bus bestiegen. Denn jetzt saß er vier Reihen vor Hiller

und hatte daher keine Möglichkeit mehr, ihn zu beobachten. Dafür beobachtete Hiller nun Serrano, und zwar überaus nachdenklich.

Hamiltons Boot näherte sich dem Flußufer. »Und sei der Ort auch noch so klein, am schönsten ist's, daheim zu sein«, bemerkte er.

Indem er Romono »klein« nannte, machte Hamilton sich einer groben Untertreibung schuldig. Die Stadt war, schlicht gesagt, ein riesiger Dschungelslum, und noch dazu ein über die Maßen übelriechendes Exemplar dieses Genres. Sie lag am linken Ufer des Rio da Morte, den die Eingeborenen passend »Fluß des Grauens« nannten. Romono war teils auf einem aufgeschütteten, Miasmadünste ausbrütenden Sumpf, teils auf einer Lichtung errichtet, die man mühselig in den Dschungel gehauen hatte. Der drängte freilich auf allen Seiten drohend nach, fest entschlossen, seinen Platz zurückzuerobern. Die Stadt hatte nach offiziellen Verlautbarungen etwa dreitausend Einwohner; vermutlich waren es jedoch doppelt so viele, denn in Romono hausten meist drei bis vier Personen in einem Zimmer. Wie jede provisorische Grenzerstadt am Ende der Bahnlinie – nur daß es hier keine Bahnlinie gab –, war Romono verwahrlost, baufällig und auf beispiellose Art abstoßend. In einem Labyrinth enger, willkürlich durcheinanderlaufender Gäßchen, die nicht einmal die kühnste Phantasie hätte Straßen nennen können, reihten sich dicht gedrängt die verschiedenartigsten Gebäude aneinander. Da standen windschiefe Holzschuppen neben Spirituosengeschäften, Spielhöllen und Bordellen, und im Zentrum prunkte ein großes Hotel mit einer falschen Fassade und lockte auf einer grellblauen Neonreklame mit dem Namen *OTEL DE ARIS*. Die fehlenden Anfangsbuchstaben H und P waren offenbar einem Mißgeschick zum Opfer gefallen.

Das Hafengebiet paßte sich diesem Milieu mühelos an. Der eigentliche Beginn des Flußufers war kaum auszumachen, denn es war fast überall von Hausbooten gesäumt – wenngleich diese schwimmenden Monstrositäten den Namen kaum verdienten. Sie bestanden fast ausschließlich aus Teerpappe. Zwischen den Booten häuften sich Mengen von Treibholz, Ölkanistern, Flaschen und Müll, und darüber surrten ständig riesige Fliegenschwärme. Der Gestank war unerträglich. Die Hygiene, sollte sie jemals nach Romono gelangt sein, hatte dem Ort schon vor langer Zeit dankend den Rücken gekehrt.

Die drei Männer erreichten das Ufer, sprangen aus dem Boot und machten es fest. »Wenn ihr mit allem fertig seid«, sagte Hamilton, »fahrt nach Brasilia. Wir treffen uns dort im Imperial.«

»Soll ich Euer Lordschaft das Marmorbad einlassen? Und den Frack herauslegen?«

»So ungefähr. Drei Suiten, die allerfeinsten. Schließlich müssen wir das ja nicht selbst bezahlen.«

»Nein? Wer denn?«

»Mr. Smith. Natürlich weiß er noch nichts davon, aber er wird zahlen.«

Neugierig erkundigte sich Ramon: »Kennen Sie diesen Mr. Smith? Ich meine, persönlich.«

»Nein.«

»Wäre es dann nicht besser, erst mal seine Einladung abzuwarten?«

»Dazu besteht keine Veranlassung. Die Einladung kommt garantiert. Unser Freund verliert vor Verwirrung gewiß fast den Verstand.«

»Sie sind richtig grausam zu diesem armen Mr. Hiller«, erklärte Navarro vorwurfsvoll. »Er muß ja wahnsinnig geworden sein vor Angst, in den drei Tagen, die wir bei Ihren Freunden, den Muscias, waren.«

»Der nicht. Der ist überzeugt, er *weiß*, was er weiß. Wenn Sie im Imperial sind, bleiben Sie in der Nähe des Telefons und halten Sie sich von Ihren gewohnten Spelunken fern.«

Ramon zog eine gekränkte Miene. »Es gibt *keine* Spelunken in unserer schönen Hauptstadt, Mr. Hamilton.«

»Das werden Sie sicher bald ändern.« Hamilton verabschiedete sich und verschwand in der sinkenden Dämmerung im Gewirr schlecht beleuchteter Gassen. Er durchquerte die Stadt und kam an der westlichen Peripherie heraus. Unmittelbar am Rand des Dschungels stand hier eine Behausung, die wohl früher einmal eine Blockhütte gewesen sein mochte, jetzt aber nur noch eine Bruchbude war, und die sich anscheinend kaum noch für die Unterbringung von Tieren eignete, geschweige denn von menschlichen Wesen. Die gras- und riedbedeckten Wände neigten sich in schiefen Winkeln, die Tür war stark verzogen, und das einzige Fenster hatte keine unversehrte Scheibe mehr. Mit einiger Mühe gelang es Hamilton, die knarrende Tür aufzuzerren; dann trat er ein.

Er fand und entzündete eine alte Öllampe, die Licht und Rauch zu gleichen Teilen spendete. Nach dem, was die flackernde, fahle Beleuchtung enthüllte, paßte das Innere der Hütte vortrefflich zu ihrem Äußeren. Sie war äußerst spärlich möbliert und bot nur das Allernotwendigste: ein wackeliges Bett, zwei Stühle aus gebogenem Rohr, kaum in besserem Zustand als das Bett, einen windschiefen Tisch mit zwei Schubladen, ein paar Regale und einen Kocher, unter dessen braunem Rostüberzug nur hier und da die ursprüngliche schwarze Emaillierung hervorschaute. Allem Anschein nach legte Mr. Hamilton keinen großen Wert auf ein komfortables Leben.

Abgespannt ließ er sich auf dem Bett nieder, das beunruhigend durchsackte und entsetzlich quietschte. Er tastete den Boden ab, holte eine Flasche mit undefinierbarer Flüssigkeit hervor, nahm einen großen Schluck und stellte die Flasche mit unsicherer Hand auf den Tisch.

Hamilton blieb nicht unbeobachtet. Draußen vor dem Fenster war eine Gestalt aufgetaucht, die aus

sicherer Entfernung durch die Scheiben blickte – eine vermutlich überflüssige Vorsichtsmaßnahme. Denn vom Hellen ins Dunkle zu spähen ist weitaus schwieriger als umgekehrt. Das Gesicht des Mannes war nicht zu erkennen, doch war es nicht schwer, seine Identität zu erraten: Serrano war vermutlich der einzige in Romono, der einen Anzug trug, und obendrein noch einen fast weißen. Serrano lächelte – ein Lächeln, das seltsam zwischen Belustigung, Genugtuung und Geringschätzung schwankte.
Hamilton holte zwei Lederbeutel aus seinen zerrissenen, mit Knöpfen versehenen Hemdtaschen und leerte einen davon in seine hohle Hand. Hingerissen starrte er auf die Handvoll roh geschliffener Diamanten und ließ sie einen nach dem anderen auf den Tisch kullern. Mit unsicherer Hand griff er wieder nach der Flasche, stärkte sich mit einem weiteren Schluck, öffnete dann den zweiten Beutel und leerte auch dessen Inhalt auf den Tisch. Es waren Münzen, funkelnde Goldmünzen, insgesamt mindestens fünfzig. Von Anbeginn der Zeiten, so heißt es, habe das Gold den Menschen fasziniert. Serrano faszinierte es zweifellos. Anscheinend blind gegenüber der Gefahr, entdeckt zu werden, war er näher ans Fenster herangetreten, so nahe, daß scharfe, aufmerksame Augen im Inneren der Hütte durchaus den hellen Fleck seines Gesichts hätten bemerken können. Doch Hamilton war scheinbar weder scharfäugig noch aufmerksam: Er starrte wie gebannt auf seinen Schatz.

Genau wie Serrano. Belustigung und Geringschätzung waren aus seiner Miene verschwunden. Nur die weit aufgerissenen Augen lebten in seinem Gesicht, und er leckte sich aufgeregt die Lippen.
Hamilton holte eine Kamera aus seinem Rucksack, entnahm ihr eine Kassette mit belichtetem Film, untersuchte sie einen Moment lang interessiert und stieß dabei an zwei Diamanten, die, scheinbar ohne daß er es bemerkte, zu Boden fielen und unter den Tisch kullerten. Er legte die Kassette auf ein Regal zu billigem Kamerazubehör und einigen anderen Kassetten und wandte sich dann wieder den Münzen zu. Er nahm eine in die Hand und betrachtete sie so aufmerksam, als sehe er sie zum erstenmal.
Die Goldmünze schien nicht aus Südamerika zu stammen. Der geprägte Kopf wies vielmehr auf klassisch griechische oder römische Herkunft hin. Er drehte das Geldstück um. Die Schriftzeichen waren klar und unversehrt und unverwechselbar als griechische zu erkennen. Hamilton seufzte, kippte wieder etwas vom rasch abnehmenden Inhalt der Flasche, beförderte die Münzen zurück in den Beutel, hielt nachdenklich inne, zählte ein paar Geldstücke auf die Hand und schob sie in die Hosentasche. Den Beutel verstaute er wieder in seiner Hemdtasche, dann steckte er auch die Diamanten wieder zu sich, trank einen letzten Schluck, löschte die Öllampe und verließ die Hütte. Er machte erst gar nicht den Versuch, die Tür zu verschließen, aus dem einfachen Grund,

da auch größte Anstrengung nicht verhindern konnte, daß zwischen Türrahmen und Füllung ein fünf Zentimeter breiter Spalt klaffte. Obwohl es inzwischen stockdunkel war, schien Hamilton kein Licht zu brauchen, um sich zu orientieren. In einer Minute war er in dem Labyrinth aus Wellblech- und Teerpappenhütten, der grünen Lunge von Romono verschwunden.

Serrano wartete vorsichtshalber fünf Minuten, dann betrat er, eine kleine Taschenlampe in der Hand, die Hütte. Er entzündete die Öllampe und stellte sie so aufs Regal, daß ihr Schein von außen nicht direkt zu sehen war. Dann suchte er mit Hilfe der Taschenlampe die zu Boden gefallenen Diamanten und legte sie auf die Tischplatte. Er nahm die Kassette, die Hamilton aufs Regal gelegt hatte, und schob eine andere aus dem Stoß an ihren Platz. Gerade hatte er die Kassette zu den Diamanten auf den Tisch gelegt, als er plötzlich voll Unbehagen spürte, daß er nicht allein war. Er fuhr herum und starrte in die Mündung eines Gewehrs, das Hiller fest auf ihn gerichtet hatte.

»Sieh da, sieh da«, sagte Hiller jovial. »Ein Sammler, wie ich sehe. Ihr Name?«

»Serrano.« Der Befragte machte keinen allzu glücklichen Eindruck. »Warum halten Sie mir Ihre Flinte unter die Nase?«

»In Romono gibt's keine Visitenkarten, also nehme ich statt dessen das hier. Haben Sie eine Waffe, Serrano?«

»Nein.«
»Wenn Sie doch eine haben und ich sie finde, werde ich Sie erschießen.« Hiller verströmte immer noch Jovialität. »Haben Sie also eine Waffe, Serrano?«
Langsam griff Serrano in eine Innentasche. Hiller warnte: »Auf die klassische Art natürlich, mein Freund. Finger und Daumen am Lauf, und dann die Kanone ganz behutsam auf den Tisch.«
Vorsichtig und wie befohlen zog Serrano eine kleine, kurzläufige Automatic hervor und legte sie auf den Tisch. Hiller trat vor und steckte sie samt Diamanten und Kassette in seine Tasche.
»Sie sind mir den ganzen Tag gefolgt«, sagte Hiller nachdenklich. »Schon vier Stunden vor Abflug der Maschine. Und gestern und vorgestern habe ich Sie auch gesehen. Ja, in den letzten Wochen habe ich Sie überhaupt häufig bemerkt. Sie sollten sich einen anderen Anzug kaufen, Serrano. Ein Schnüffler im weißen Anzug ist keinen Pfifferling wert.« Sein Ton nahm eine Färbung an, die Serrano überhaupt nicht gefiel. »*Warum* folgen Sie mir, Serrano?«
»Ich bin nicht hinter Ihnen her«, beteuerte Serrano. »Wir sind nur beide an demselben Mann interessiert.«
Hiller hob das Gewehr ein Stück. Selbst wenn er es nur um einen Millimeter bewegt hätte, wäre Serrano beeindruckt gewesen, denn die Angst setzte ihm mehr und mehr zu. »Ich weiß nicht«, fuhr Hiller fort, »ob ich es mag, daß man mich verfolgt.«

»Mein Gott!« Serranos Angst war jetzt unverkennbar. »Würden Sie mich deswegen etwa umbringen?«

»Geschmeiß wie Sie zählt für mich nicht«, entgegnete Hiller unbekümmert. »Aber Sie können aufhören, mit den Knien zu schlackern. Ich habe nicht die Absicht, Sie umzulegen – wenigstens jetzt noch nicht. Ich würde niemanden töten, bloß weil er mir überall an den Fersen klebt. Aber ich würde nicht zögern, Ihnen die Kniescheibe zu zerschmettern, damit Sie mir nicht weiter monatelang nachschleichen können.«

»Ich werde niemandem etwas verraten«, versicherte Serrano eifrig. »Ich schwöre bei Gott, daß ich nichts sage.«

»Aha! Das ist ja interessant. Wenn Sie jemandem etwas verraten würden, Serrano – wem würden Sie es dann sagen?«

»Keinem Menschen. Niemandem. Wem sollte ich denn wohl etwas sagen? Das war nur so eine Redensart?«

»Ach, wirklich? Aber wenn Sie nun jemandem etwas sagen *müßten* – was würden Sie ihm sagen?«

»Was könnte ich schon sagen? Ich weiß nur – na ja, ich weiß es nicht, aber ich bin ziemlich sicher –, daß Hamilton 'n ganz dickes Ding laufen hat. Gold, Diamanten und so weiter – er hat irgendwo einen Schatz gefunden. Ich weiß genau, daß Sie ihm auf der Spur sind, Mr. Hiller. Und deswegen folge ich Ihnen auf Schritt und Tritt.«

»Sie kennen meinen Namen? Woher?«

»Sie sind ein ziemlich bekannter Mann in dieser Gegend, Mr. Hiller.« Serrano wollte sich lieb Kind machen, doch er war nicht besonders gut darin. Plötzlich aber schien ihm die rettende Idee zu kommen, denn sein Gesicht verklärte sich, und er sagte: »Nachdem wir beide hinter demselben Mann her sind, Mr. Hiller, könnten wir ebensogut Partner werden.«

»Partner?«

»Ich könnte Ihnen helfen, Mr. Hiller.« Serrano war die Beflissenheit in Person, und es war schwer zu entscheiden, ob er sich um der erhofften Partnerschaft willen so bemühte oder aus dem verständlichen Wunsch heraus, von Hiller nicht kaltgestellt zu werden. »Ich *kann* Ihnen helfen. Das schwöre ich Ihnen.«

»Eine verschreckte Ratte ist bereit, alles zu schwören.«

»Ich kann beweisen, was ich sage.« Serrano schien wieder etwas an Selbstsicherheit gewonnen zu haben. »Ich kann Sie bis auf fünf Meilen an die Verlorene Stadt heranbringen.«

In Hillers erster Reaktion mischten sich Erstaunen und Argwohn.

»Was wissen Sie davon?« Er hielt inne und nahm sich zusammen. »Na schön, von der Verlorenen Stadt hat vermutlich schon jeder mal gehört. Hamilton quasselt ja ständig davon.«

»Mag sein. Mag sein.« Serrano, der spürte, daß sich die Atmosphäre zu seinen Gunsten verändert hatte, wirkte jetzt beinahe entspannt. »Aber wie viele sind ihm schon viermal bis auf wenige Meilen dorthin gefolgt?« Hätte Serrano jetzt am Spieltisch gesessen, er hätte sich, nachdem sein Trumpf ausgespielt war, zufrieden zurückgelehnt.
Hiller zeigte jetzt allerdings großes Interesse, er war sogar so interessiert, daß er seine Waffe erst senkte und dann weglegte.
»Haben Sie eine ungefähre Ahnung, wo sie liegt?«
»Eine ungefähre?« Nachdem die unmittelbare Gefahr vorüber war, trug Serrano eine fast wohlwollende Herablassung zur Schau. »Eine ziemlich genaue, würde ich sagen. Oder eigentlich sogar eine ganz genaue.«
»Wenn Sie so gut Bescheid wissen, warum suchen Sie die Verlorene Stadt dann nicht allein?«
»Allein?« Serrano klang geradezu entsetzt. »Mr. Hiller, Sie müssen wahnsinnig sein! Sie wissen nicht, wovon Sie reden. Haben Sie überhaupt eine Vorstellung davon, was das für Indiostämme sind, die in der Gegend leben?«
»Friedliche, dem Bericht des Indianerschutzdienstes nach.«
»Friedliche?« Serrano stieß ein verächtliches Lachen aus. »Friedliche? In ganz Brasilien gibt es nicht genug Geld, um diese Feiglinge von Schreibtischhockern dazu zu bewegen, ihre vollklimatisierten Büros in

Brasilia zu verlassen und sich mal selbst im Dschungel umzusehen. Die würden sich nämlich vor Angst in die Hosen machen. Sogar ihre Außendienstler, und unter denen gibt es ein paar verdammt harte Burschen, haben Manschetten und machen einen Bogen um das Gebiet der Verlorenen Stadt. Das heißt, vier von ihnen haben sich vor ein paar Jahren doch hingewagt, aber wiedergekommen ist keiner. Und wenn die schon 'ne Heidenangst haben, Mr. Hiller, dann hab' ich erst recht eine.«

»Das stellt uns allerdings vor ein Problem.« Hiller war ziemlich nachdenklich geworden. »Ein taktisches Problem. Was ist denn so Besonderes an diesen blutrünstigen Indios? Es gibt schließlich eine Menge Stämme, die nichts übrig haben für Leute von draußen, Leute, die Sie und ich als ebenso zivilisiert ansehen würden wie uns selbst.« Anscheinend fand Hiller es nicht unangemessen, sich selbst und Serrano in die Rubrik »zivilisiert« einzuordnen.

»Besonderes? Ich werde Ihnen sagen, was an denen Besonderes ist. Es sind die wildesten Stämme vom ganzen Mato Grosso. Nein, ich muß mich korrigieren. Die wildesten Stämme von ganz Südamerika. Nicht einer von ihnen ist über die Steinzeit hinausgekommen. Im Gegenteil, sie sind vermutlich noch viel schlimmer als Steinzeitmenschen. Wären die nämlich so gewesen wie diese Indios, dann hätten sie sich gegenseitig ausgerottet. Wenn diese Stämme da oben nichts Besseres zu tun haben, gehen sie einfach hin und massakrieren sich gegenseitig, vermutlich, um nicht aus der Übung zu kommen. Es gäbe heute kein menschliches Leben mehr auf diesem Planeten, hätten wir mehr von ihrer Sorte.

Es gibt da oben drei verschiedene Stämme, Mr. Hiller. Erstens die Chapate. Die sind, weiß Gott, schlimm genug, aber die nehmen bloß ihre Blasrohre, jagen einem ein paar Giftpfeile mit Kurare in den Leib und überlassen das Opfer seinem Schicksal. Beinahe zivilisiert, könnte man sagen. Die Horena sind da schon härter. Die nehmen Pfeile, die nur betäuben, schleppen einen dann ins Dorf und martern einen zu Tode, was, wie ich gehört habe, ein bis zwei Tage dauern kann, worauf sie einem den Kopf abhacken und einen Schrumpfkopf draus machen. Doch wenn's um reine, primitive Grausamkeit geht, da sind die Muscia wirklich Meister drin. Die hat, glaube ich, bis heute noch kein weißer Mann zu Gesicht bekommen. Doch ein paar Indios friedlicher Stämme, die auf sie getroffen sind und überlebt haben, schildern sie als Kannibalen. Wenn sie einen finden, den sie für eine besonders leckere Mahlzeit halten, stecken sie ihn lebendig in kochendes Wasser. Wie Hummer, wissen Sie. Nach der Verlorenen Stadt suchen, während all diese Ungeheuer um einen herumwimmeln? Warum tun *Sie's* denn nicht? Ich kann Ihnen den Weg beschreiben. Aber ich mag Kochtöpfe nur von außen.«

»Nun, vielleicht sollte ich die Sache noch etwas über-

denken.« Geistesabwesend händigte Hiller Serrano seine Waffe wieder aus. Wenn es darum ging, die Habgier eines Menschen einzuschätzen, schmeichelte sich Hiller, kein schlechter Psychologe zu sein.
»Wo wohnen Sie?« erkundigte er sich.
»Ich habe ein Zimmer im Hotel de Paris.«
»Und wenn Sie mich dort in der Bar entdeckten?«
»Habe ich Sie noch nie im Leben gesehen.«

In einem Kneipenführer Südamerikas wäre die Bar des Hotel de Paris in Romono wohl kaum lobend erwähnt worden. Sie war alles andere als ein Schmuckstück. Der undefinierbare Farbanstrich, oder vielmehr das, was davon übrig war, blätterte ab und warf Blasen, die splitternden Bodenplanken waren geschwärzt und voller Dreck, und an der grob behauenen Weichholzbar hatten Tausende von verschütteten Drinks und Tausende von ausgedrückten Zigarren ihre Spuren hinterlassen. Es war kein Aufenthalt für Anspruchsvolle. Zum Glück gehörten die Gäste hier nicht zu dieser Spezies. Ausschließlich männlichen Geschlechts und zum größten Teil angezogen wie die Vogelscheuchen, waren sie rauh, ungehobelt, häßlich und versoffen. Vor allem versoffen. So viele Gäste wie nur eben möglich drängten sich an der Bar und konsumierten ungeheure Quantitäten eines Getränks, das man beim besten Willen nur als Fusel bezeichnen konnte. Vereinzelt standen Rohrstühle und wackelige Tische herum, zumeist jedoch verlassen. Die Einwohner von Romono waren fast alle senkrechte Trinker. Zu den im Moment anwesenden Senkrechten gehörten sowohl Hiller als auch Serrano, allerdings in sicherer Entfernung voneinander.

In einer derartigen Umgebung löste Hamiltons Auftritt durchaus nicht jene entsetzte Reaktion aus, die er in den chicen Gaststätten von Brasilia oder Rio hervorgerufen hätte. Dennoch genügte auch hier seine äußere Erscheinung, um ein spürbares Absinken des Geräuschpegels zu verursachen. Mit seinen verfilzten Haaren, dem Wochen alten, struppigen und blutbesudelten Bart und dem zerrissenen, blutigen Hemd sah er aus, als kehre er soeben vom Schauplatz eines zwar erfolgreich, aber wüst ausgeführten Massenmordes zurück. Aus seinem Gesicht ließ sich – wie üblich bei ihm – nicht die geringste Aufforderung zu freundlichem Geplauder herauslesen. Er ignorierte alle neugierigen Blicke, und obwohl sich die Trinker in Viererreihen vor der Bar drängten, öffnete sich unaufgefordert eine Gasse vor ihm. Für Hamilton öffnete sich in Romono stets eine solche Gasse, denn er war ein Mann, vor dem seine Mitbürger aus den verschiedensten Gründen Respekt hatten.

Ein großer, massiger Barkeeper, Chef der vier Männer, die nonstop hinter der Theke bedienten, kam augenblicklich herbeigeeilt. Sein kahler Schädel glänzte im Lampenschein, was ihm den Spitznamen Curly, Lockenkopf, eingetragen hatte.

»Mr. Hamilton?«
»Whisky.«
»Um Gottes willen, Mr. Hamilton! Was ist passiert?«
»Sind Sie taub?«
»Kommt sofort, Mr. Hamilton.«
Curly langte unter die Bar, holte eine besondere Flasche hervor und schenkte großzügig ein. Daß Hamilton derart bevorzugt wurde, löste bei den Umstehenden keinerlei Unwillen aus, und zwar nicht aufgrund angeborener Höflichkeit, die sie nicht hatten, sondern weil Hamilton in der Vergangenheit eindrucksvoll demonstriert hatte, wie er auf Einmischungen in seine Privatangelegenheiten reagierte. Er hatte es nur ein einziges Mal getan, doch dieses eine Mal hatte genügt.
Curly stand die gleiche Neugier im runden, freundlichen Gesicht geschrieben wie seinen Gästen. Doch Hamilton neigte, wie jedermann wußte, nun einmal nicht zu Vertraulichkeiten. Er warf zwei griechische Münzen auf die Theke. Hiller, der ganz in der Nähe stand, bemerkte es, und seine Miene wurde starr. Doch cr war nicht der einzige, dessen Gesicht in ungläubigem Staunen gefror.
»Die Bank hat zu«, sagte Hamilton. »Genügen die?«
Curly griff nach den beiden glänzenden Münzen und untersuchte sie mit unverhohlener Ehrfurcht.
»Ob die genügen? Ob die genügen? Allerdings, Mr. Hamilton, allerdings genügen die! Gold! Pures

Gold! Dafür kriegen Sie eine ungeheure Menge Scotch, Mr. Hamilton, eine ungeheure Menge. Eine davon werde ich selbst behalten. Jawohl. Die andere lasse ich morgen in der Bank schätzen.«

»Wie Sie wollen«, antwortete Hamilton gleichgültig.

Curly untersuchte die Münzen noch eingehender und sagte dann: »Griechisch, nicht wahr?«

»Sieht so aus«, meinte Hamilton immer noch gleichgültig. Er nahm einen Schluck und musterte Curly abwägend. »Sie werden mich doch wohl nicht fragen wollen, ob ich etwa bis nach Griechenland gereist bin, um die zu kriegen, wie?«

»Aber nein!« versicherte Curly hastig. »Bestimmt nicht. Soll ich ... Soll ich den Doktor holen, Mr. Hamilton?«

»Danke, nein. Das ist nicht mein Blut.«

»Wie viele waren's denn? Wer hat Sie so zugerichtet, das heißt, wen haben Sie so zugerichtet?«

»Nur zwei. Horena. Noch mal dasselbe.«

Die meisten Gäste an der Bar beobachteten zwar immer noch entweder Hamilton oder die Münzen, der allgemeine Geräuschpegel aber stieg langsam wieder an. Hiller bahnte sich, ein Glas in der Hand, zielbewußt einen Weg zu Hamilton, der seinen Anmarsch nach seiner Gewohnheit völlig unbewegt beobachtete.

»Bitte, entschuldigen Sie, Hamilton«, begann Hiller. »Ich möchte Sie nicht belästigen. Es ist mir klar, daß man nach einem Kampf gegen Kopfjäger Ruhe und

Entspannung braucht. Doch was ich Ihnen zu sagen habe, ist wichtig. Bitte, glauben Sie mir. Hätten Sie einen Moment Zeit für mich?«

»Was wollen Sie?« Hamiltons Ton war alles andere als ermutigend. »Ich mag nichts Geschäftliches besprechen, wenn zwei Dutzend Ohren gespannt jedem Wort lauschen – und ich nehme an, darum handelt es sich doch.«

Hiller blickte in die Runde. Ihr Gespräch erregte zweifellos Aufmerksamkeit. Einen Moment hielt Hamilton inne, als müsse er nachdenken, dann nahm er die Flasche, winkte mit dem Kopf und ging voraus zu jenem Ecktisch, der am weitesten von der Bar entfernt war. Wie üblich wirkte Hamilton aggressiv und abweisend, und auch sein Ton war entsprechend.

»Raus damit!« forderte er. »Und drucksen Sie nicht herum.«

Hiller war keineswegs gekränkt. »Aber gern«, antwortete er. »Ganz mein Fall, die einzige Möglichkeit, Geschäfte zu machen. Ich werde ganz offen sein. Ich bin überzeugt, daß Sie die Verlorene Stadt gefunden haben. Und ich kenne einen Mann, der Ihnen eine sechsstellige Summe zahlen würde, wenn Sie ihn hinbrächten. Ist Ihnen das kurz und bündig genug?«

»Wenn Sie den Rachenputzer wegschütten, den Sie da im Glas haben, gieße ich Ihnen einen anständigen Scotch ein.« Hiller gehorchte, und Hamilton füllte beide Gläser. Hiller wußte nur zu gut, daß es Hamilton dabei weniger um Gastfreundschaft ging als darum, Zeit zum Nachdenken zu gewinnen. Aus dem kaum wahrnehmbaren Stocken seiner Stimme schloß er, daß Hamilton diesmal vielleicht sogar noch länger brauchen würde als gewöhnlich, ehe er sich zu einer Äußerung bequemte.

»Also eines muß ich Ihnen lassen«, räumte Hamilton nach langer Pause ein. »Sie machen wirklich keine Umschweife. Wer sagt, ich hätte die Verlorene Stadt gefunden?«

»Niemand. Wie denn auch? Niemand weiß, wohin Sie gehen, wenn Sie Romono verlassen, außer vielleicht ihre beiden jungen Kumpane.« Hiller lächelte dünn. »Und die sehen nicht aus wie Burschen, die zuviel reden.«

»Kumpane?«

»Ach, hören Sie auf, Hamilton! Die Zwillinge. Die kennt doch ganz Romono. Aber ich möchte wetten, daß nur *Sie* allein die genaue Lage der Verlorenen Stadt kennen. Na schön, ich gehe da nur nach meinem Gefühl – und nach zwei funkelnden Goldmünzen, die möglicherweise tausend, wenn nicht gar zweitausend Jahre alt sind. Nur mal angenommen.«

»Was angenommen?«

»Daß Sie sie gefunden haben, natürlich.«

»Cruzeiros?«

Hillers Miene blieb ausdruckslos, was ihm angesichts einer Woge freudiger Erregung, welche ihn überschwemmte, eine ungeheure Disziplin abverlangte. Wenn ein Mann von Geld spricht, so heißt das, er ist bereit zu handeln, ein Geschäft abzuschließen, und Hamilton hatte die Ware zu dem Handel. Was er zu bieten hatte, konnte nur eines bedeuten: Er hatte die Verlorene Stadt gefunden. Hiller war überzeugt, den Fisch an der Angel zu haben; jetzt mußte er ihn nur noch an Land ziehen. Das mochte, wie er wußte, einige Zeit in Anspruch nehmen, aber er vertraute auf seine Fähigkeiten als Angler.

»US-Dollar«, berichtigte Hiller.

Hamilton überlegte eine Weile, dann sagte er: »Ein reizvolles Angebot. Überaus reizvoll. Aber ich gehe niemals auf Angebote von Fremden ein. Und Sie, Hiller, kenne ich nicht, ich weiß nicht, wer Sie sind, was Sie sind, was Sie tun und wer Sie ermächtigt hat, mir dieses Angebot zu machen.«

»Ein Betrüger, möglicherweise?«

»Möglicherweise.«

»Ach, kommen Sie! Wir haben in den letzten Monaten mindestens ein dutzendmal zusammen einen gehoben. Wir einander fremd? Wohl kaum. Jeder hier weiß doch, wonach Sie in den letzten Monaten unsere verdammten Wälder und wonach Sie seit vier Jahren weitere riesige Gebiete im Amazonas- und Paraná-Becken abgesucht haben. Nach der sagenhaften Verlorenen Stadt des Mato Grosso – falls sie dort wirklich liegt –, nach dem Goldenen Stamm, der dort vielleicht immer noch lebt, und vor allem nach dem sagenhaften Forscher, der beide entdeckt hat. Huston. Dr. Hannibal Huston. Der berühmte Forscher, der vor vielen Jahren im Urwald verschwunden und nie wieder aufgetaucht ist.«

»Sie dreschen Phrasen«, sagte Hamilton.

Hiller lächelte. »Welcher Journalist tut das nicht?«

»Journalist?«

»Jawohl.«

»Seltsam. Ich hätte Sie für was anderes gehalten.«

Hiller lachte. »Für einen Betrüger? Einen entsprungenen Sträfling? Nein, so was Romantisches bin ich nicht – leider.« Plötzlich wurde er ernst und beugte sich vor. »Hören Sie, wie ich schon sagte, wir alle wissen, warum Sie hier draußen sind – nichts für ungut, Hamilton, Sie haben oft genug davon geredet, obwohl ich wirklich nicht weiß, warum. Ich an Ihrer Stelle hätte das Geheimnis vor jedem gehütet.«

»Aus drei guten Gründen, mein Freund. Erstens muß es eine Erklärung für meine Anwesenheit hier geben. Zweitens wird Ihnen jeder bestätigen, daß ich den Mato Grosso besser kenne als jeder andere Weiße und daß niemand auch nur im Traum daran denken würde, mir dahin zu folgen, wohin ich gehe. Und drittens, je mehr Leute wissen, worauf ich aus bin, desto größer ist die Wahrscheinlichkeit, daß irgend jemand irgendwann und irgendwo einen Hinweis gibt, der für mich unbezahlbar sein könnte.«

»Ich hatte den Eindruck, daß Sie keine Hinweise mehr brauchten.«

»Wie dem auch sei. Verlassen Sie sich ruhig auf Ihren Eindruck.«

»Nun gut. Also. Neunundneunzig Prozent der Leute lachen über Ihre wilden Phantasien, wie sie sie nennen, obwohl es in Romono weiß Gott keinen einzigen gibt, der Ihnen das ins Gesicht sagen würde. Aber ich gehöre zu dem restlichen Prozent. Ich glaube Ihnen. Und ich glaube ferner, daß Ihre Suche beendet und der Traum in Erfüllung gegangen ist. An diesem Traum möchte ich mich beteiligen, indem ich einem Mann, meinen Chef, behilflich bin, seinen Traum zu verwirklichen.«

»Ich bin zutiefst gerührt«, entgegnete Hamilton ironisch. »Es tut mir leid – das heißt, nein, es tut mir nicht leid –, aber hier stimmt irgendwas nicht. Und außerdem, Hiller, sind Sie eine unbekannte Größe für mich.«

»Die McCormick-Mackenzie International auch?«

»Was?«

»Ist die auch eine unbekannte Größe für Sie?«

»Natürlich nicht. Einer der größten multinationalen Konzerne ganz Amerikas. Vermutlich die übliche Clique von Gaunern, die sich hinter der üblichen Phalanx ebenso übler internationaler Juristen versteckt, um die Gesetze jeweils so hinzubiegen, wie sie in ihre Pläne passen.«

Hiller atmete tief durch und rang mannhaft um Selbstbeherrschung. »Da ich Sie um eine Gefälligkeit bitten muß, Hamilton, werde ich keinen Anstoß an

Ihren beleidigenden Worten nehmen. Ich möchte Sie aber auf die Tatsache hinweisen, daß die Weste der McCormick-Mackenzie blütenrein ist. Noch nie ist eine Untersuchung gegen sie eingeleitet, geschweige denn Anklage gegen den Konzern erhoben worden.«

»Geschickte Anwälte, hab' ich ja gesagt.«

»Sie können froh sein, daß Joshua Smith nicht hier ist und mit angehört hat, was Sie da eben sagten.«

Hamilton blieb unbeeindruckt. »Ist das der Inhaber?«

»Jawohl. Außerdem Präsident und Leitender Direktor.«

»Der Industrielle und Multimillionär? Reden wir von demselben Mann?«

»Allerdings.«

»*Und* Besitzer der größten Zeitungs- und Zeitschriftenkette ganz Amerikas. Nun sieh mal einer an!« Er brach ab und starrte Hiller an. »Deshalb wollen Sie also ...«

»Genau.«

»Das ist also Ihr Chef, der Zeitungszar. Und Sie sind einer von seinen Journalisten, wahrscheinlich sogar ein ziemlich bedeutender. Ich meine, auf eine solche Story würde man doch keinen jungen Spund ansetzen, nicht wahr? Also gut. Ihre Identität wäre damit klar. Aber ich begreife immer noch nicht ...«

»Was?«

»Dieser Mann. Joshua Smith. Ein Multimillionär. Ein Milliardär. Jedenfalls so reich wie Krösus. Was gibt es überhaupt auf der Welt, das er noch nicht hat? Was kann sich ein Mann wie der noch wünschen?«

Hamilton nahm einen großen Schluck Whisky. »Kurz gesagt, was verspricht er sich davon?«

»Sie sind wirklich ein mißtrauischer Hund, Hamilton! Geld? Natürlich nicht. Machen *Sie* das wegen Geld? Wohl kaum. Ein Mann wie Sie könnte sein Geld auch anders verdienen. Nein, und abermals nein. Genau wie Sie – und, wenn ich das sagen darf, auch ein bißchen wie ich – ist Smith ein Mann, der einen Traum hat, einen Traum, der zur fixen Idee geworden ist. Ich weiß wirklich nicht, was ihn mehr fasziniert, der Fall Huston oder die Verlorene Stadt, obwohl man die beiden kaum voneinander trennen kann. Ich meine, man kann das eine nicht ohne das andere haben.« Er hielt inne und lächelte versonnen. »Und was für eine Story für sein Presseimperium!«

»Das ist wohl Ihr Teil dieses Traums, wie?«

»Was sonst?«

Hamilton überlegte und ließ sich von einem weiteren Glas Scotch beim Nachdenken unterstützen. »Man soll nie was überstürzen, nie! Man braucht Zeit, man muß über solche Entscheidungen nachdenken.«

»Selbstverständlich. Wie lange?«

»Zwei Stunden?«

»Sicher. Treffen wir uns in meinem Hotel. Ich wohne im Negresco.« Hiller blickte sich um und schüttelte sich in gutgespieltem Entsetzen. »Da ist es beinahe so vornehm wie hier.«

Hamilton leerte sein Glas, stand auf, nahm die Flasche, nickte kurz und ging hinaus. Niemand hätte ihm vorwerfen können, betrunken zu sein, doch wirkte sein Gang nicht ganz so sicher, wie man es normalerweise an ihm gewohnt war. Hiller sah sich suchend um, bis er Serrano entdeckte, der ihn die ganze Zeit beobachtet hatte. Dann warf Hiller dem hinausgehenden Hamilton einen bedeutsamen Blick nach, wandte sich wieder zu Serrano um und nickte ihm beinahe unmerklich zu. Serrano erwiderte das Zeichen und folgte Hamilton aus der Bar.

Romono hatte es bisher noch nicht geschafft, sich eine Straßenbeleuchtung zuzulegen, und würde vermutlich auch nie eine bekommen. Folglich waren die Gassen dort, wo sie ausnahmsweise nicht von Saloons oder Bordellen beleuchtet wurden, fast finster. Hamilton, dessen Gang schlagartig jede Unsicherheit verloren hatte, ging sehr rasch, ohne sich von der spärlichen und manchmal fehlenden Beleuchtung verunsichern zu lassen. Er bog um eine Ecke, ging ein paar Schritte weiter, blieb dann unvermittelt stehen und verschwand in einem engen, stockfinsteren Durchgang. Er ging allerdings nur einen halben Meter weit hinein. Von seinem engen Versteck aus beugte er sich behutsam vor und spähte in die Richtung zurück, aus der er gekommen war.

Er erblickte genau das, was er erwartet hatte. Gerade erschien Serrano an der Ecke, und er machte nicht den Eindruck, als genieße er einen gemütlichen

Abendspaziergang. Er hatte es vielmehr so eilig, daß er beinahe rannte. Hastig zog Hamilton sich tiefer in den Schatten zurück. Jetzt konnte er sich auf sein Gehör verlassen. Serrano trug Schuhe mit Stahlspitzen, die ihm vielleicht bei den kniffligen Feinheiten des unbewaffneten Nahkampfs gute Dienste leisteten, aber in einer stillen Nacht wie dieser konnte man Serrano noch auf hundert Meter Entfernung hören. Hamilton, dessen Gestalt mit dem tiefen Schatten seines Verstecks verschmolz, lauschte den sich eilig nähernden Schritten. Serrano, der jetzt wirklich rannte, blickte weder rechts noch links, sondern spähte auf der Suche nach seinem so plötzlich und geheimnisvoll verschwundenen Opfer angestrengt geradeaus. Auch als er den schmalen Durchgang erreichte, veränderte er seine Blickrichtung nicht. Blitzschnell löste sich ein Schatten von der finsteren Mauer. Hamilton trat auf die Straße und ließ seine verschränkten Hände lautlos auf Serranos Nacken niedersausen. Er fing den Bewußtlosen auf, noch ehe der zu Boden sank, und schleppte ihn in das dunkle Versteck. Aus Serranos Jacke holte er eine wohlgefüllte Brieftasche, entnahm ihr ein ansehnliches Bündel Banknoten, steckte es ein, warf die leere Brieftasche auf die reglose Gestalt und ging davon, ohne sich ein einziges Mal umzusehen. Er bezweifelte keine Sekunde, daß Serrano allein gewesen war.

Wieder in seiner baufälligen Hütte angelangt, zündete Hamilton die Öllampe an, setzte sich auf seine

Pritsche und versuchte herauszubekommen, warum man ihn beschattet hatte. Daß Serrano ihm in Hillers Auftrag gefolgt war, stand für ihn fest. Serrano hatte also bestimmt nicht die Absicht gehabt, ihm aufzulauern und ihn zu überfallen, denn Hiller war geradezu verzweifelt um seine Dienste bemüht, und ein verletzter Hamilton wäre sicher keine Hilfe für ihn gewesen. Raub schien Hamilton in diesem Fall kein ausreichendes Motiv. Zwar hatten die beiden zweifellos die Ausbuchtungen von den zwei Beuteln in seinen Taschen gesehen und wußten, was sich darin verbarg. Hamilton hatte nämlich sehr wohl bemerkt, daß Serrano ihn durchs Hüttenfenster beobachtete. Ein solch kleiner Beutezug hätte Hiller jedoch nicht in Versuchung geführt. Der wollte den goldenen Topf am Fuße des Regenbogens erringen, und nur er, Hamilton, konnte ihn zu diesem Regenbogen führen.

Daß Hiller und sein Chef Smith ihre Träume hatten, bezweifelte Hamilton keine Sekunde, was er dagegen stark bezweifelte, war Hillers Auslegung dieser Träume. Ja, so mußte es gewesen sein: Serrano hatte ihn beschattet, weil Hiller herausfinden wollte, ob Hamilton mit seinen beiden jungen Helfern oder mit irgend jemand anderem Kontakt aufnahm. Vielleicht hoffte er, bei der Verfolgung ein größeres, lohnenderes Versteck mit Gold und Edelsteinen zu entdecken. Vielleicht glaubte er auch, Hamilton würde ein geheimnisvolles Telefongespräch mit seinen Hintermännern führen. Vielleicht war Hiller aber auch nur besonders mißtrauisch und wollte bloß wissen, ob Hamilton etwas im Schilde führte. Eine andere Erklärung gab es nicht, und es schien sinnlos, noch mehr Zeit auf die Lösung dieser Frage zu verschwenden.

Hamilton schenkte sich einen Drink ein – die undefinierbare Flasche enthielt einen ausgezeichneten schottischen Whisky, den ihm sein Freund Curly besorgt hatte – und füllte ihn mit Mineralwasser auf. Das Leitungswasser von Romono war ein empfehlenswertes Mittel für jeden, der sich danach sehnte, von Ruhr, Cholera oder irgendeiner anderen scheußlichen Tropenkrankheit heimgesucht zu werden.

Hamilton lächelte. Wenn Serrano zu sich kam und seinem Auftraggeber Bericht erstattete, würden beide wissen, wem Serrano seinen schmerzenden, steifen Nacken zu verdanken hatte. Immerhin, dachte Hamilton bei sich, würde der Zwischenfall sie lehren, ihm in Zukunft mit mehr Vorsicht und Respekt zu begegnen. Hamilton war überzeugt, daß ihm Serrano in nächster Zukunft auch offiziell vorgestellt werden würde, und er hatte das Gefühl, daß er ihm bald ziemlich häufig begegnen würde.

Hamilton trank einen Schluck, ließ sich auf die Knie nieder, tastete mit der Hand den Fußboden unter dem Tisch ab, fand nichts und lächelte voller Genugtuung. Er ging zum Regal hinüber, nahm eine Kassette zur Hand, prüfte sie eingehend und lächelte mit noch größerer Genugtuung. Er leerte das Glas, löschte das Licht und machte sich auf den Weg zurück in die Stadt.

In seinem Zimmer im Negresco – in Nizzas berühmtem Hotel wäre man außer sich gewesen bei der Vorstellung, daß dieser Schuppen denselben illustren Namen trug – versuchte Hiller, eine Telefonverbindung zu bekommen. Der Ausdruck der Verzweiflung in seinem Gesicht ließ darauf schließen, daß seine Geduld bei diesem Unternehmen in eben dem Maße überstrapaziert wurde, wie es jedem erging, der tollkühn genug war, von Romono aus ein Ferngespräch führen zu wollen. Endlich jedoch wurde Hillers Zähigkeit belohnt, und seine Miene hellte sich auf.

»Aha!« sagte er, und in seiner Stimme lag verständlicherweise unverhohlener Triumph. »Endlich! Mr. Smith, bitte.«

2

Der Salon von Joshua Smiths Villa – der Villa Haydn in Brasilia – dokumentierte auf höchst eindrucksvolle Weise den Unterschied zwischen einem Milliardenvermögen und ordinärem Reichtum. Die Louis-XIV.-Möbel, unter denen sich nirgends auch nur ein Hauch von Imitation fand, die Vorhänge aus Belgien und Malta, die Perserteppiche und die Bilder, die von alten Holländern bis hin zu den Impressionisten reichten, all das bezeugte nicht nur ein ungeheures Vermögen, sondern auch einen hedonistischen Geist, der entschlossen war, es in vollem Umfang zu genießen. All dieser üppig zur Schau gestellte Überfluß ließ jedoch keinen Zweifel an einem darüber waltenden erlesenen Geschmack aufkommen, denn die einzelnen Stücke waren wundervoll aufeinander abgestimmt, und der Gesamteindruck grenzte an Vollkommenheit. Diesem Haus hatte sich ein moderner Innenarchitekt eindeutig nicht einmal im Umkreis von einer Meile genähert.

Der Eigentümer der Villa ergänzte all diesen Luxus aufs prachtvollste. Er war ein hochgewachsener, gut gebauter Herr im vorgeschrittenen Alter, der dafür geschaffen schien, einen Smoking zu tragen und in eindrucksvoller Pose in seinem riesigen Lehnsessel dicht am funkensprühenden Kaminfeuer zu residieren.

Joshua Smith war mit seinem noch immer dunklen, glatt zurückgekämmten Haar und dem korrekt gestutzten Schnurrbart eine elegante und weltmännische Erscheinung, freilich nicht zu elegant, nicht zu weltmännisch. Er lächelte oft und gern und gefiel sich darin, seinen Untergebenen – in seinem Fall so ziemlich alle Menschen in seiner Reichweite – mit unveränderlicher Liebenswürdigkeit und Höflichkeit zu begegnen. Im Laufe der Zeit waren ihm die mühsam, aber gewissenhaft erlernte Jovialität und Zuvorkommenheit zur zweiten Natur geworden, obwohl immer noch ein Rest seiner ursprünglichen Rücksichtslosigkeit unter der Oberfläche lauern mußte, wollte man eine Erklärung für seine ungezählten Millionen finden. Nur ein Spezialist hätte die Spuren der kunstvollen Eingriffe jenes plastischen Chirurgen entdecken können, der aus Smiths früherem Gesicht sein jetziges geformt hatte.

Außer ihm befanden sich noch ein zweiter Mann und eine junge Frau im Salon. Jack Tracy war Anfang Dreißig, hatte blondes Haar und ein pockennarbiges Gesicht, das Härte und Tüchtigkeit ausstrahlte. Diese Qualitäten waren zweifellos vorhanden, ja, mußten es sein bei einem Mann, der Generaldirektor von

Smiths riesigem Zeitungs- und Zeitschriftenimperium war.
Maria Schneider mit ihrem dunklen Teint und den braunen Augen hätte aus Südamerika, aber auch aus dem südlichen Mittelmeerraum oder dem Nahen Osten stammen können. Ihr Haar war rabenschwarz. Welcher Nationalität sie auch sein mochte, Maria war unbestreitbar eine Schönheit. Ihr Gesicht wirkte unergründlich, doch die Augen in diesem Gesicht beobachteten aufmerksam und mit durchdringendem Blick. Sie erschien weder mitfühlend noch empfindsam, und doch war sie beides. Sie machte einen intelligenten Eindruck, und der traf zu. Wenn sie nicht – wie Gerüchte behaupteten – damit beschäftigt war, Smiths Geliebte zu spielen, dann arbeitete sie als seine Privatsekretärin, und daß sie in dieser Funktion ganz Außerordentliches leistete, war kein Gerücht.
Das Telefon klingelte. Maria nahm ab, bat den Anrufer zu warten und trug den Apparat zu Smiths Lehnsessel hinüber. Smith nahm den Hörer und lauschte.
»Ah, Hiller!« Smith beugte sich vor, was für ihn sehr ungewöhnlich war. Sein Ton und seine Haltung drückten gespannte Erwartung aus. »Sie haben, hoffe ich, erfreuliche Nachrichten für mich, wie? Haben Sie? Gut, sehr gut. Berichten Sie!«
Schweigend hörte Smith sich an, was Hiller zu sagen hatte. Während er aufmerksam lauschte, steigerte sich der freudige Ausdruck auf seinem Gesicht zu

unverhohlener Begeisterung. Obwohl er vor Erregung fast außer sich schien, triumphierte seine vielgerühmte Selbstbeherrschung, er enthielt sich jeglicher Ausrufe, Fragen oder Bemerkungen und hörte Hiller bis zum Schluß schweigend zu.

»Ausgezeichnet!« Smith frohlockte unüberhörbar. »Wirklich ganz ausgezeichnet. Sie haben mich soeben zum glücklichsten Mann von Brasilien gemacht, Frederik.« Wenn Hiller auch vorgab, Edward zu heißen, so wäre es für einen Kenner der Szene keine allzugroße Überraschung gewesen zu erfahren, daß sein Name in Wirklichkeit anders lautete. »Ich versichere Ihnen, daß Sie diesen Tag niemals bereuen werden. Mein Wagen wird Sie und Ihre Freunde morgen vormittag um elf am Flughafen erwarten.« Er legte den Hörer auf. »Ich habe gesagt, ich könne ewig warten. Die Ewigkeit ist heute angebrochen.«

Eine Weile starrte er blicklos in die Flammen. Tracy und Maria sahen einander ausdruckslos an. Dann seufzte Smith, lehnte sich im Sessel zurück, griff in die Tasche, zog eine Goldmünze hervor und betrachtete sie eingehend.

»Mein Talisman«, erklärte er. Noch immer schien er nicht ganz präsent zu sein. »Seit dreißig langen Jahren besitze ich sie nun und habe sie mir in diesen dreißig Jahren tagtäglich angesehen. Genau diese Münze habe ich Hiller gezeigt. Wie er behauptet, sind die Goldstücke, die dieser Hamilton hat, absolut identisch mit meinem. Und da Hiller kein Mann ist, der leichtfertig Fehler macht, kann das nur eines bedeuten: Hamilton hat den Regenbogen gefunden.«

»Und am Fuße des Regenbogens funkelt der goldene Topf?« fragte Tracy.

Smith blickte ihn an, ohne ihn wahrzunehmen. »Wen kümmert das Gold?«

Es folgte ein langes und für Tracy und Maria ziemlich unbehagliches Schweigen. Dann seufzte Smith abermals und steckte die Münze wieder ein. »Noch etwas«, nahm er die Unterhaltung wieder auf. »Hamilton scheint da auf eine Art Eldorado gestoßen zu sein.«

»Es kommt mir immer unwahrscheinlicher vor, daß Hamilton zufällig auf etwas stößt«, wandte Maria ein. »Er ist ein Jäger, ein zielbewußter Spürhund. Er verfügt über Informationsquellen, vor allem bei jenen Stämmen, die noch nicht als befriedet gelten, die anderen sogenannten zivilisierten Menschen verschlossen sind. Er beginnt mit irgendeinem Hinweis, der ihm die Richtung angibt, und durchstöbert dann die ganze Gegend, engt das Jagdgebiet immer mehr ein, bis er schließlich gefunden hat, was er sucht. Der Zufall hat keinen Raum in den Berechnungen dieses Mannes.«

»Du könntest recht haben, meine Liebe«, gab Smith zu. »Ich bin sogar sicher, daß du recht hast. Aber wichtig für mich ist nur Hillers Vermutung, Hamilton habe einen Diamantschatz gefunden.«

»Teil der Kriegsbeute?« fragte Maria.

»Übersee-Investitionen, meine Liebe, Übersee-Investitionen. Kriegsbeute, welch ein Ausdruck. In diesem Fall jedoch, nein. Es sind ungeschliffene – oder vielmehr roh geschliffene – brasilianische Diamanten. Und Hiller ist Experte für Diamanten. Schließlich hat er in seinem Leben ja auch weiß Gott genug solcher Steinchen gestohlen. Jedenfalls sieht es so aus, als hätte Hamilton Hillers Story von A bis Z geschluckt, um Hillers abgedroschene Redewendung zu zitieren. Er hat zwei Fliegen mit einer Klappe geschlagen und sowohl das griechische Gold als auch die brasilianischen Diamanten gefunden. Es sieht so aus, als würde die Operation leichter, als wir dachten.«

Tracy schien beunruhigt. »Hamilton steht nicht in dem Ruf, ein umgänglicher Mann zu sein.«

»Bei den Eingeborenen des Mato Grosso, zugegeben«, entgegnete Smith. Er lächelte, als male er sich Zukunftsfreuden aus. »Hier aber wird er in einen ihm völlig fremden Dschungel geraten.«

»Vielleicht übersehen Sie etwas«, wandte Maria ruhig ein. »Sollte Ihnen entgangen sein, daß Sie mit ihm in seinen Dschungel zurückkehren müssen?«

In dem schäbigen Zimmer im Hotel Negresco war Hiller in den Anblick der Goldmünze in seiner Hand versunken. Er schreckte auf, als ein unsicheres Klopfen an seiner Tür ertönte. Hiller zog einen Revolver, verbarg ihn hinter dem Rücken, ging zur Tür und öffnete.

Sofort legte er die Waffe wieder beiseite. Seine Vorsichtsmaßnahme war unnötig gewesen. Serrano, der sich mit beiden Händen den Nacken hielt, schwankte benommen und fiel praktisch vornüber ins Zimmer.

»Brandy!« Serranos Stimme war ein ersticktes Krächzen.

»Was, zum Teufel, ist mit Ihnen los?«

»Brandy!«

»Kommt sofort«, antwortete Hiller resignierend. Er schenkte einen großzügig bemessenen Doppelten ein, und Serrano kippte den Drink mit einem einzigen Schluck. Gerade hatte er seinen dritten Brandy getrunken und sprudelte seine Leidensgeschichte heraus, als es wieder klopfte, diesmal jedoch scharf, nachdrücklich und alles andere als unsicher. Abermals ergriff Hiller seine Vorsichtsmaßnahme, und abermals erwies sie sich als unnötig. Der Mann vor der Tür war kaum als der Hamilton zu erkennen, der sich vor zwei Stunden von Hiller verabschiedet hatte. Zwei Stunden in den großspurig als Präsidentensuite betitelten Räumen des Hotel de Paris, in denen nie ein Präsident gewohnt hatte, hatten ihn völlig verwandelt. Denn die Suite hatte immerhin das einzige Bad des Hotels, das nicht ganz verrostet war. Hamilton hatte gebadet und sich rasiert. Er trug einen frischen Khakianzug, ein sauberes Hemd, das keinen einzigen Riß aufwies, und blitzblanke, neue Schuhe.

Hiller warf einen Blick auf die Uhr. »Genau zwei Stunden. Sie sind überaus pünktlich.«
»Die Höflichkeit der Könige.« Hamilton trat ein und entdeckte Serrano, der sich schon wieder einen großen Brandy einschenkte. Inzwischen ließ sich kaum noch beurteilen, ob er mehr unter den Auswirkungen des Schlages oder unter denen des Alkohols litt. Er hielt das Glas in der reichlich unsicheren Rechten und massierte mit der Linken seinen Nacken. Er schien ganz in seine Wiederbelebungsprozedur vertieft, ohne Hamilton zu beachten.
»Was ist denn das für ein Kerl?« fragte Hamilton.
»Serrano«, antwortete Hiller. »Ein alter Freund von mir.« Aus Hillers lässiger Selbstverständlichkeit hätte man niemals schließen können, daß er Serrano erst an diesem Abend kennengelernt hatte. »Keine Angst. Sie können ihm vertrauen.«
»Freut mich zu hören«, sagte Hamilton. Er konnte sich weder an den Monat noch an das Jahr erinnern, in dem er zum letztenmal jemandem vertraut hatte. »Eine angenehme Abwechslung in der heutigen Zeit.« Er musterte Serrano mit der Miene eines besorgten und aufgeschlossenen Arztes. »Sieht aus, als hätte er was erwischt.«
»Das hat er«, bestätigte Hiller. »Einen Schlag über den Kopf.« Er beobachtete Hamilton genau, hätte sich die Mühe jedoch sparen können.
»Man hat ihn niedergeschlagen?« fragte Hamilton erstaunt. »Er war um diese Zeit auf der Straße?«

»Ja.«
»Und allein?«
»Ja«, antwortete Hiller und fügte in einem Ton, den er vermutlich für ziemlich spitz hielt, hinzu: »*Sie* sind ja auch bei Nacht allein unterwegs.«
»Ich kenne Romono«, erklärte Hamilton. »Und, was viel wichtiger ist, Romono kennt mich.« Er blickte mitleidig zu Serrano hinüber. »Ich wette, Sie haben sich noch nicht mal in der Mitte der Straße gehalten, und ich will verdammt sein, wenn man Sie nicht um Ihre Brieftasche erleichtert hat.«
Serrano nickte, machte ein finsteres Gesicht, sagte jedoch nichts, sondern widmete sich wieder seinem geschundenen Nacken.
»Das Leben ist ein guter Lehrmeister«, stellte Hamilton zerstreut fest. »Aber ich kann einfach nicht begreifen, wie man sich in Romono so verdammt dämlich betragen kann. Na schön, Hiller. Wann brechen wir auf?«
Hiller hatte sich bereits einem Wandschrank mit Glastüren zugewandt. »Scotch?« erkundigte er sich. »Garantiert kein Feuerwasser.« Er zeigte Hamilton eine gediegene Marke. Das Siegel der Flasche war noch unversehrt.
»Danke.«
Hillers Geste entsprang keineswegs reiner Gastfreundschaft. Er hatte Hamilton den Rücken gekehrt, um das triumphierende Aufleuchten seines Gesichtes zu verbergen. Aber natürlich mußte dieser

Augenblick gefeiert werden. Vor zwei Stunden, in der Bar des Hotel de Paris, hatte er gespürt, daß der Fisch an seiner Angel zappelte. Jetzt hatte er ihn eingeholt und an Land gezogen.

»*Cheers*«, prostete er. »Wir starten morgen bei Tagesanbruch.«

»Und womit?«

»Buschflieger bis Cuiabá.« Er hielt inne, um dann entschuldigend hinzuzufügen: »Klapprige alte Mühle, nichts als Pappe und Draht, aber hat noch nie Bruch gemacht. Anschließend nehmen wir Smiths Privatjet. Das ist natürlich was ganz anderes. Er wird für uns in Cuiabá bereitstehen.«

»Woher wissen Sie das?«

Hiller nickte zum Telefon hinüber. »Brieftauben.«

»Sie waren sich Ihrer Sache wohl ziemlich sicher?«

»Eigentlich nicht. Aber wir arrangieren gern alles im voraus. Ich kalkuliere jede Wahrscheinlichkeit ein.« Hiller zuckte die Achseln. »Ein Anruf, um die Dinge in Gang zu bringen, ein weiterer, um sie wieder abzublasen. Von Cuiabá geht's dann zu Smiths Privatflugplatz in Brasilia.« Er nickte zu Serrano hinüber. »Der kommt mit.«

»Warum?«

»Warum nicht?« Es gelang Hiller sogar, verwirrt dreinzublicken. »Er ist mein Freund. Angestellter von Smith, wie ich. Ein guter Dschungelkenner.«

»Von denen wollte ich immer schon mal einen kennenlernen.« Hamilton sah Serrano nachdenklich an.

»Man kann nur hoffen, daß er im Mato Grosso besser auf der Hut ist als auf den Gassen von Romono.« Darauf hatte Serrano nichts zu erwidern. Aber er machte sich offensichtlich seine Gedanken, die er freilich vorsichtshalber für sich behielt.

Smith, so schien es, war nicht nur umsichtig, sondern dachte buchstäblich an alles. Er hatte seinen Lear-Jet nicht nur mit einem eindrucksvollen Sortiment von Schnäpsen, Likören, Wein und Bier versehen, er stellte sogar eine besonders attraktive Stewardeß zur Verfügung, die sie ausschenkte. Alle drei Passagiere – Hamilton, Hiller und Serrano – hielten große Gläser mit gekühlten Longdrinks in Händen. Hamilton betrachtete vergnügt die ungeheure, grüne Weite des Amazonas-Regenwaldes, die sich unter ihnen ausdehnte.

»So ist es doch ein bißchen bequemer, als wenn man sich da unten den Weg freihauen muß«, meinte er und sah sich dann aufmerksam in der luxuriös eingerichteten Kabine um. »Aber die hier ist nur fürs Transportgeschäft. An was für eine Maschine hat Smith denn für unseren kleinen Ausflug in den Mato Grosso gedacht?«

»Keine Ahnung«, antwortete Hiller. »Derlei pflegt Mr. Smith nicht mit mir zu besprechen. Dafür hat er einen Sonderberater. In ein paar Stunden werden Sie ihn ja kennenlernen. Dann wird er es Ihnen vermutlich sagen.«

»Ich glaube, Sie haben mich nicht richtig verstanden«, entgegnete Hamilton in einem beinahe sanften, erklärenden Ton. »Ich habe Sie nur gefragt, an welches Fortbewegungsmittel er *gedacht* hat. Entscheidungen, die er und seine Experten in dieser Hinsicht treffen, sind für mich unwichtig.«
Hiller starrte ihn ungläubig an. »*Sie* wollen *ihm* vorschreiben, wie wir reisen werden?«
Hamilton winkte der Stewardeß und reichte ihr lächelnd sein Glas zum Nachfüllen. »Es geht doch nichts über ein gutes Leben – solange es dauert.« Dann wandte er sich wieder an Hiller. »Genau das wollte ich damit sagen.«
»Wie ich voraussehe«, gab Hiller sarkastisch zurück, »werden Sie und Smith fabelhaft miteinander auskommen.«
»O ja, das hoffe ich. Das hoffe ich sehr. Sie sagten, wir würden ihn in ein paar Stunden sehen. Könnten wir uns vielleicht präzise auf drei Stunden einigen?« Er blickte angewidert an seinem zerknitterten Khakianzug hinab. »Für Romono mag das ja ausreichen, doch wenn ich einem Multimillionär meine Aufwartung machen soll, muß ich vorher einen Schneider aufsuchen. Sie sagten doch, daß wir vom Flughafen abgeholt werden. Glauben Sie, Sie könnten mich am Grandhotel absetzen?«
»Großer Gott!« seufzte Hiller entgeistert. »Das Grandhotel *und* einen Schneider? Das ist doch sündhaft teuer. Wieso auf einmal? Gestern abend in

der Bar haben Sie noch behauptet, Sie hätten kein Geld.«

»Inzwischen ist mir ein bißchen was in den Schoß gefallen.«

Hiller und Serrano tauschten einen beredten Blick. Hamilton starrte weiterhin gelassen zum Fenster hinaus.

Verabredungsgemäß erwartete sie auf Smiths Privatflugplatz in Brasilia ein Wagen. »Wagen« war allerdings eine reichlich profane Bezeichnung für den riesigen, kastanienbraunen Rolls-Royce, der so groß war, daß vermutlich eine ganze Fußballmannschaft darin Platz gefunden hätte. Im Fond gab es einen Fernseher, eine Bar und sogar eine Eiswürfelmaschine. Vorn, sehr weit vorn, saßen zwei Männer in dunkelgrüner Livree. Der eine chauffierte den Wagen, die Lebensaufgabe des anderen schien sich darin zu erschöpfen, den Schlag aufzureißen, sobald die Fahrgäste im Fond ein- oder aussteigen wollten. Der Motor lief erwartungsgemäß völlig geräuschlos. Falls es zu Smiths Plan gehörte, seine Besucher in ehrfürchtiges Staunen zu versetzen, so war ihm das bei Serrano vollauf gelungen. Hamilton wirkte dagegen unbeeindruckt, möglicherweise, weil er zu sehr damit beschäftigt war, die Bar zu inspizieren; Smith hatte versäumt, eine Hosteß für den Fond mitzuliefern.

Sie glitten über die breiten Boulevards der Hauptstadt und hielten vor dem Grandhotel. Hamilton stieg aus – nachdem sich der Schlag wie durch Zauberhand für ihn geöffnet hatte – und verschwand raschen Schrittes durch die Drehtür. Sobald er drinnen war, spähte er durch das verglaste Portal wieder hinaus. Der Rolls, der bereits über hundert Meter entfernt war, bog soeben nach links ab. Hamilton wartete, bis er den Wagen in sicherer Entfernung glaubte, und ging dann durch dieselbe Drehtür hinaus, durch die er eingetreten war. Mit zielstrebiger Eile schritt er in der Richtung davon, aus der sie gekommen waren. Es hatte den Anschein, als sei er kein Fremder in dieser Stadt, und das war er auch nicht: Er kannte Brasilia wie seine Westentasche.

Fünf Minuten, nachdem man Hamilton abgesetzt hatte, stoppte der Rolls vor einem Fotogeschäft. Hiller ging hinein, wandte sich an einen zuvorkommend lächelnden Verkäufer und übergab ihm den Film, den Hiller aus Hamiltons Hütte gestohlen hatte.
»Lassen Sie ihn bitte entwickeln und bei Mr. Joshua Smith, Villa Haydn, abliefern.« Der Name Smith garantierte die sofortige Ausführung des Auftrags. Hiller fuhr fort: »Von diesem Film dürfen keine Kopien angefertigt werden, und weder derjenige, der ihn entwickelt, noch irgendein anderer Angehöriger Ihrer Firma darf darüber sprechen. Ich hoffe, ich habe mich deutlich genug ausgedrückt.«
»Jawohl, Sir. Selbstverständlich, Sir.« Das zuvor-

kommende Lächeln war verschwunden und hatte kriecherischer Unterwürfigkeit Platz gemacht.
»Schnellste Ausführung und Diskretion. Wir garantieren dafür, Sir.«
»Und perfekte Abzüge?«
»Wenn das Negativ perfekt ist, wird auch der Abzug perfekt sein.«
Hiller fiel nichts mehr ein, womit er den inzwischen ganz und gar eingeschüchterten Verkäufer noch hätte gefügig machen können. Also nickte er wortlos und ging hinaus.

Zehn Minuten später betraten Hiller und Serrano den Salon der Villa Haydn. Serrano setzte sich nach kurzer Begrüßung zu Tracy, Maria und einem Mann, der ihm nicht vorgestellt worden war. Smith stand mit Hiller ein Stück abseits, was in diesem riesigen Raum freilich eine recht beträchtliche Entfernung bedeutete. Die beiden unterhielten sich mit gedämpfter Stimme, und Smith warf immer wieder einen Blick zu Serrano hinüber.
»Ich kann mich natürlich nicht für ihn verbürgen«, erklärte Hiller. »Aber er weiß eine Menge, wovon wir keine Ahnung haben, und ich kann ja schließlich dafür sorgen, daß er keine Schwierigkeiten macht. Übrigens, das kann auch Hamilton. Der Bursche hat eine verdammt grobe Art, mit Leuten umzugehen, die aus der Reihe tanzen.« Und Hiller erzählte die traurige Geschichte des Überfalls auf Serrano.

»Nun gut, wenn Sie meinen, Hiller.« Aus Smiths Stimme klang Zweifel, und wenn es etwas gab, das der mächtige Mann nicht leiden konnte, dann waren es Zweifel. »Bisher haben Sie mich noch nicht enttäuscht.« Er hielt inne. »Aber Ihr Freund Serrano scheint überhaupt keine Vorgeschichte zu haben, keinerlei Vergangenheit.«

»Die haben die meisten Männer im Mato Grosso nicht. Gewöhnlich aus dem einfachen Grund, weil sie *zuviel* Vergangenheit haben. Aber er kennt sich im Dschungel aus, und er versteht mehr Indiodialekte als alle anderen, Hamilton vielleicht ausgenommen. Mit Sicherheit aber mehr als jeder Angehörige des Indianerschutzdienstes.«

»Also gut.« Smith schien zu einem Entschluß gekommen und darüber erleichtert zu sein. »Und er ist in der Nähe der Verlorenen Stadt gewesen. Könnte für uns ganz nützlich sein.«

Hiller nickte zu dem Unbekannten hinüber, einem hochgewachsenen, athletischen Mann. Er war etwa Mitte Dreißig und sah mit seinem dichten, schwarzen Haar auffallend gut aus.

»Und wer ist das, Mr. Smith?«

»Das ist Heffner. Mein Starfotograf.«

»Mr. Smith!« sagte Hiller.

»Es würde Hamilton bestimmt eigenartig vorkommen, wenn ich keinen Fotografen mit auf diese historische Expedition nähme«, erläuterte Smith nachsichtig. Dann lächelte er ein wenig. »Allerdings muß ich gestehen, daß er außer seiner Kamera auch noch ein, zwei andere Apparate beherrscht.«

»Das kann ich mir denken.« Hiller musterte Heffner mit noch größerem Interesse. »Auch einer ohne Vergangenheit?«

Wieder lächelte Smith, antwortete aber nicht. Das Telefon klingelte. Tracy, der dem Apparat am nächsten war, nahm ab, hörte kurz zu und legte den Hörer wieder auf.

»Nun sieh mal einer an! Große Überraschung. Im Grandhotel ist kein Gast namens Hamilton registriert. Und nicht nur das, von den Angestellten kann sich auch niemand erinnern, jemanden gesehen zu haben, auf den seine Beschreibung paßt.«

Hamilton befand sich in diesem Moment in einer verschwenderisch ausgestatteten Suite im Hotel Imperial.

Ramon und Navarro saßen auf einer Couch und bewunderten ihren Chef, der sein Bild in einem großen Spiegel begutachtete.

»Ich wollte immer schon einen braunen Seersuckeranzug haben«, sagte Hamilton selbstzufrieden. »Findet ihr nicht auch, mein Anblick müßte Smith glatt umhauen?«

»Zu Smith kann ich nichts sagen«, erklärte Ramon, »aber in diesem Aufzug würden Sie selbst die Muscias in Angst und Schrecken versetzen. Es hat also keine Schwierigkeiten mit der Einladung gegeben?«

»Gar keine. Als er sah, daß ich die Goldmünzen in aller Öffentlichkeit zeigte, muß ihn panische Angst ergriffen haben, daß ein anderer ihm zuvorkommen könnte. Und nun glaubt er, wie ich mit Vergnügen beobachte, daß er mich fest an der Angel hat.«

»Sind Sie immer noch sicher, daß dieser Goldschatz wirklich existiert?« erkundigte sich Navarro.

»Ich bin überzeugt, daß er existiert *hat*. Ob er jetzt noch existiert, das müssen wir herausfinden.«

»Warum wollten Sie dann aber die Münzen haben?«

»Wenn alles vorbei ist, werden sie zurückgegeben und das Geld wird erstattet, bis auf die beiden Goldstücke, die Curly, der Barkeeper im Hotel de Paris, kassiert hat. Aber das Opfer hat sich gelohnt: Der Hai hat, wie man sieht, den Köder geschluckt.«

»Kein Goldschatz, also – wie?« warf Ramon ein. »Schade.«

»Es gibt einen Schatz, und zwar einen großen. Aber er besteht nicht aus solchen Münzen. Möglicherweise ist er eingeschmolzen, obwohl das unwahrscheinlich ist. Vermutlich wurde er aufgeteilt und befindet sich in den Händen von Privatsammlern. Wenn man ein Kunstwerk absetzen will, sei es ein gestohlener Tintoretto oder eine Penny Black, dann kann man das nirgendwo auf der ganzen Welt besser als in Brasilien. Die Zahl der brasilianischen Millionäre, die stundenlang in ihren klimatisierten, feuchtigkeitsregulierten, einbruchsicheren, unterirdischen Kellern sitzen und ihre Augen an gestohlenen alten

Meistern weiden, übersteigt jedes Vorstellungsvermögen. Ramon, gleich hinter Ihnen ist eine Bar, und mir wird langsam die Kehle wund und trocken von der Anstrengung, unerfahrene Grünschnäbel über die harten Tatsachen der Verbrecherwelt zu unterrichten.«

Ramon grinste, stand auf und brachte Hamilton einen großen Whisky mit Soda und für sich und seinen Bruder je ein Glas Sodawasser; die Zwillinge tranken nie etwas Stärkeres.

Nachdem er einen kräftigen Schluck genommen hatte, fragte Hamilton: »Was habt ihr über Smith in Erfahrung gebracht?«

»Nicht mehr, als Sie erwartet hatten«, antwortete Ramon. »Die Zahl der Firmen, die er kontrolliert, läßt sich nicht in Zahlen fassen. Er ist ein Finanzgenie, privat charmant und höflich, doch als Geschäftsmann absolut gewissenlos, und er muß der reichste Mann der südlichen Hemisphäre sein. Eine Art umgekehrter Howard Hughes. Über Hughes' Anfangsjahre ist jedes Detail bekannt, sein letzter Lebensabschnitt war hingegen so geheimnisumwittert, daß viele von denen, die es hätten wissen müssen, kaum glauben konnten, daß er auf diesem Flug von Mexico in die Staaten gestorben war. Vielmehr waren sie fest überzeugt, er sei schon viele Jahre tot. Smith? Genau das Gegenteil. Seine Vergangenheit ist ein Buch mit sieben Siegeln, und er spricht auch niemals darüber. Weder seine Kollegen und Bekannten, noch seine angeblichen Vertrauten – niemand weiß, ob er wirklich jemanden ins Vertrauen zieht – können Licht ins Dunkel bringen, aus dem einfachen Grund, weil niemand seine Anfangsjahre miterlebt hat. Heute dagegen ist sein Leben ein offenes Buch. Er verbirgt nichts und führt seine Geschäfte offen und ohne jede Verschleierungstaktik. Jeder Aktionär seiner über vierzig Firmen kann in die Bücher Einblick nehmen, wann es ihm beliebt. Er scheint absolut nichts zu verbergen zu haben; nun, ich nehme an, für einen so brillanten Geschäftsmann wie ihn gibt es subtilere Wege, zu Reichtum zu kommen, als grobe Unehrlichkeit. Und warum sollte er betrügen, wenn er auf ehrliche Weise mehr Geld machen kann? Heute weiß er alles über die Geschäfte anderer und gestattet jedem, der den Wunsch danach hat, alles über seine Geschäfte in Erfahrung zu bringen.«

»Irgend etwas hat er zu verbergen«, widersprach Hamilton »Ich weiß es.«

»Aber was?« fragte Navarro.

»Das werden wir schon noch herausfinden, nicht wahr?« entgegnete Hamilton.

»Ich wünschte, Sie würden Ihre Karten auf den Tisch legen«, sagte Navarro.

»Was für Karten?«

»Wir freuen uns schon darauf, Sie am Werk zu sehen, Mr. Hamilton«, sagte Ramon. Sein Ton war so gekünstelt neutral, daß selbst ein naiver Zuhörer den Doppelsinn dahinter gespürt hätte. »Das wird gewiß sehr interessant. Nach allem, was wir in Erfahrung bringen konnten, ist der Mann über jeden Verdacht erhaben. Er zeigt sich mit Vorliebe in der Öffentlichkeit, trifft jeden, kennt jeden. Und jeder weiß, daß er und der Präsident Blutsbrüder sind.«

Der Blutsbruder des Präsidenten saß vorgebeugt in seinem kostbar eingerichteten Salon und starrte fasziniert auf die flimmernde Leinwand. Er hatte seine Umgebung völlig vergessen. Schwere Vorhänge verdunkelten den Raum und erschwerten es, die anderen Anwesenden zu erkennen. Doch selbst wenn helles Tageslicht geherrscht hätte, Smith hätte die Leute um ihn herum nicht bemerkt, so vertieft war er in die Vorführung.

Die Dias waren von ausgezeichneter Qualität, aufgenommen mit einer erstklassigen Kamera, von einem hervorragenden Fotografen, der genau wußte, worauf es ankam. Die Farben waren naturgetreu, Schärfe und Körnung einwandfrei. Und der Projektor war der beste, den Smith mit seinem Geld hatte kaufen können.

Die erste Serie zeigte eine antike Ruinenstadt, die sich schwindelerregend an ein schmales Plateau klammerte. An dessen äußersten Ende erhob sich eine unwahrscheinlich gut erhaltene Zikkurat, die nicht weniger beeindruckend wirkte als die besterhaltenen Bauwerke der Azteken oder Maya.

Die zweite Serie enthielt Aufnahmen der Stadt vom

Gipfel einer Felswand aus, die senkrecht zu einem Fluß hin abfiel, hinter dem sich der Regenwald erstreckte. Die dritte Serie zeigte die Stadt von der anderen Seite. Hier erhob sie sich hoch über einer Schlucht, in deren Tiefe ein reißender Fluß toste. Eine vierte Serie, anscheinend von der Hügelkuppe aus aufgenommen, öffnete den Blick auf das Buschland hinter der antiken Stadt. Die Gegend war einstmals offenbar zum Fruchtanbau terrassiert worden. In der Ferne erkannte man die beiden Felskanten, die sich im Mittelgrund vereinigten. Eine fünfte Serie war von derselben Stelle aufgenommen, nur um 180 Grad gedreht, und zeigte ein flaches, grasbewachsenes Plateau, dessen Kanten ähnlich dem Bug eines Schiffes zusammenliefen. Waren diese Bilder schon atemberaubend, so übertrafen die nächsten Serien jedes kühne Traumgebilde.

Es handelte sich um Luftaufnahmen, und als Dia auf Dia folgte, wurde klar, daß man Bilder von solcher Qualität nur von einem Hubschrauber aus gemacht haben konnte.

Die erste dieser Helikopteraufnahmen zeigte die gesamte Ruinenstadt von oben. Die zweite war aus ungefähr fünfhundert Fuß größerer Höhe aufgenommen und ließ erkennen, daß die Stadt auf einem bootsförmigen Felsblock errichtet war, dessen abfallende Wände einen Fluß teilten. Majestätisch ragte der Felsen aus der Umarmung der beiden Flußläufe empor, deren Betten mit Felsbrocken übersät waren.

Das Wasser schäumte wild und bedrohlich, und hohe Gischtkronen zeugten davon, daß der Fluß gewiß nicht schiffbar war. Die dritte und vierte Serie waren aus noch größerer Höhe aufgenommen und zeigten einen undurchdringlichen Regenwald, der bis fast an die Kamera heranzureichen schien und sich in schier endloser Weite bis zum fernen Horizont erstreckte. Die fünfte Gruppe war senkrecht von oben fotografiert. Auf diesen Bildern konnte man erkennen, daß die riesigen Außenwände der beiden Schluchten um mehrere hundert Fuß höher waren als die Felsen, auf deren Plateau die Verlorene Stadt thronte. Die sechste Serie war aus noch größerer Höhe geschossen. Hier entdeckte das Auge nur mehr einen schmalen Spalt in der ungeheuren grünen Weite des Urwaldes. Und tief unten, im finsteren Abgrund dieses Spaltes, war undeutlich die Verlorene Stadt zu erahnen. Die siebte und letzte Serie endlich, aus einer abermals um fünfhundert bis tausend Fuß höheren Position aufgenommen, zeigte nichts als die ununterbrochene, majestätische Fläche des Amazonas-Regenwaldes, gleichförmig von einem Bildhorizont bis zum anderen.

Kein Wunder, daß die Flugzeuge des brasilianischen Landvermessungsamtes die Verlorene Stadt nicht finden konnten, obwohl ihre Piloten jede Quadratmeile des Mato Grosso abgeflogen hatten. Sie war aus der Luft einfach nicht auszumachen. Die Alten jedoch hatten diesen natürlichen Schutzwall entdeckt, hatten die unsichtbarste, unzugänglichste, unangreifbarste Festung gefunden, die je von der Natur geschaffen oder von Menschen erdacht worden war. Die Zuschauer im Salon der Villa Haydn hatten während der ganzen Vorführung kein Wort gesprochen. Ihnen war klar, daß sie Wunderwerke sahen, die mit Ausnahme von Hamilton und seinem Hubschrauberpiloten kein Weißer je zu Gesicht bekommen hatte, Kleinodien, die vielleicht seit Generationen, ja sogar seit Jahrhunderten kein menschliches Auge erblickt hatte. Sie waren hart, diese Leute, zäh und zynisch, und sie bemaßen den Wert der Dinge nur nach ihrem Preis. Sie waren es gewohnt, beinahe automatisch den eigenen Augen zu mißtrauen. Aber der Mensch, Mann oder Frau, müßte erst noch geboren werden, dessen Seele unempfänglich ist für jene primitive, von den Ahnen ererbte Ehrfurcht, die unweigerlich in uns aufsteigt, wenn sich unerwartet der Schleier vor einem nie geahnten Geheimnis der Geschichte hebt.

Mindestens eine Minute lang herrschte ergriffenes Schweigen. Dann stieß Smith fast unhörbar mit einem tiefen Seufzer den Atem aus.

»Dieser Teufelskerl«, flüsterte er. »Dieser Teufelskerl. Er hat sie tatsächlich gefunden.«

»Wenn Sie die Absicht hatten, uns zu beeindrukken«, sagte Maria, »dann haben Sie Ihr Ziel erreicht. Was in aller Welt war das? Und *wo* ist das?«

»Das ist die Verlorene Stadt«, antwortete Smith zerstreut. »Hier in diesem Land – in Brasilien. Im Mato Grosso.«

»Die *Brasilianer* haben Pyramiden gebaut?«

»Nicht, daß ich wüßte. Aber es kann ja auch ein anderes Volk gewesen sein. Außerdem sind das keine Pyramiden, sondern . . . Tracy, das fällt eher in Ihr Fach.«

»Nun ja. In mein Fach eigentlich auch nicht direkt. In einer unserer Zeitschriften ist mal ein Artikel über diese sogenannten Pyramiden erschienen, und ich habe dem Autor und dem Fotografen ein paar Tage lang bei der Arbeit zugesehen. Rein aus Neugier, verschwendete Neugier übrigens – ich habe nicht viel dazugelernt. Pyramidenähnlich, gewiß, aber diese Stufentürme mit der flachen Spitze heißen Zikkurats. Ihr Ursprung ist nicht mit Bestimmtheit anzugeben, doch man weiß, daß sie eine große Rolle in der Baukunst der Assyrer, der Babylonier und der Sumerer spielten. Seltsamerweise hat dieser Baustil keinen Einfluß auf das buchstäblich benachbarte Ägypten geübt. Vielmehr bevorzugte man dort die glatte, konische Version. Zikkurats sind erst wieder im alten Mexico aufgetaucht, wo man einige dieser Bauwerke noch heute besichtigen kann. Archäologen benutzen diesen Umstand als triftiges Argument für die These, daß in der Antike eine Verbindung zwischen Ost und West bestanden habe. Eine schlüssige Beweisführung sind sie freilich bisher schuldig geblieben. Ehrlich, Mr. Smith, diese Bilder hier werden unsere armen Archäologen die Wände hochgehen lassen. Eine Zikkurat im Mato Grosso!«

»Hallo Ricardo«, meldete sich Hamilton. »Ich werde das Haus unseres Freundes in etwa zwei Stunden verlassen. Ich fahre . . . Moment, bitte«, unterbrach er sich und schaute fragend zu Ramon hinüber, der es sich auf der Couch seiner Suite im Imperial bequem gemacht hatte. »Was für einen Wagen werde ich fahren, Ramon?«

»Einen schwarzen Cadillac.«

»Einen schwarzen Cadillac«, wiederholte Hamilton ins Telefon. »Und ich wünsche, daß mir niemand folgt. Danke.«

3

Sechs Personen saßen an jenem sonnigen Nachmittag in Smiths Salon, der Hausherr, Tracy, Maria, Hiller, Serrano und Hamilton. Jeder hielt ein Glas in der Hand.

»Noch einen?« erkundigte sich Smith und streckte, ohne auf Antwort zu warten, die Hand aus, um nach dem Butler zu klingeln.

»Ich möchte mich lieber unterhalten«, entgegnete Hamilton.

Smith hob eine Augenbraue. Er war über die Antwort nicht nur deshalb erstaunt, weil Hiller ihm von Hamiltons Ruf als hartem Trinker berichtet hatte, sondern vor allem, weil gewöhnlich auch die kleinste Anregung von ihm als herrschaftlicher Befehl betrachtet wurde. Er zog die Hand vom Klingelknopf zurück.

»Wie Sie wünschen. Wir sind uns also über den Zweck dieses Besuches einig. Ich muß Ihnen sagen, Hamilton, ich habe in der Vergangenheit ja schon vieles unternommen, an dem ich meine Freude hatte, aber noch nie war ich so erregt vor Vorfreude . . .«

Hamilton unterbrach ihn – etwas, das Smith gegenüber sonst niemand wagte – und sagte trocken: »Kommen wir lieber zu den Details.«
»Mein Gott, Sie haben's aber wirklich eilig! Ich hätte gedacht, nach vier Jahren Suche . . .«
»Es hat wesentlich länger gedauert. Doch selbst nach nur vier Jahren wird man allmählich ungeduldig.« Er deutete auf Maria und Tracy. In Smiths Salon pflegte man nicht mit dem Finger aufeinander zu zeigen. »Wer sind die beiden da?«
»Ihr Ruf als Rauhbein ist uns allen bekannt, Hamilton.« Wenn Smith beschloß, einen kalten Ton anzuschlagen, dann gelang ihm das überaus wirkungsvoll. »Aber Sie brauchen nicht gleich ausfallend zu werden.«
Hamilton schüttelte den Kopf. »Ich bin nicht ausfallend. Nur ein Mann, der es, wie Sie ganz richtig bemerkten, sehr eilig hat. Ich pflege nun mal Erkundigungen über die Leute einzuziehen, mit denen ich mich umgebe. Genau wie Sie.«
»Genau wie ich?« Wieder schnellte die Augenbraue in die Höhe. »Mein lieber Freund, wenn Sie mir gütigst erklären würden . . .«
»Und das ist auch so etwas«, warf Hamilton ein. Damit hatte er Smith zum zweitenmal innerhalb von dreißig Sekunden unterbrochen, was vermutlich ein Rekord war. »Ich mag es nicht, wenn man mich herablassend behandelt. Ich bin nicht Ihr lieber Freund. Ich bin, wie Sie wahrscheinlich noch fest-

stellen werden, keines Menschen lieber Freund. Genau wie Sie pflege ich Erkundigungen einzuziehen, habe ich gesagt. Oder sollten Sie vielleicht nicht wissen, wer im Grandhotel angerufen hat, um nachzufragen, ob ich dort wirklich abgestiegen bin?«

Es war nur ein Versuchsballon, aber Hamilton kannte sich aus in der Psychologie seines Gegners, und der flüchtige Blick, den Smith und Tracy tauschten, war ihm Bestätigung genug. Er nickte zu Tracy hinüber.

»Kapiert, was ich meine?« fragte er. »Da drüben sitzt also der neugierige Schnüffler. Wer ist das?«

»Sie wagen es, meine Gäste zu beleidigen, Hamilton?« Smiths Ton war jetzt geradezu arktisch.

»Es ist mir gleich, wen ich beleidige. Er ist und bleibt ein neugieriger Halunke. Ein weiterer Punkt: Wenn ich mich nach jemanden erkundige, dann tue ich das frei und offen, und nicht hinter seinem Rücken. Also, wer ist das?«

»Mr. Tracy«, antwortete Smith förmlich, »ist Leitender Direktor der McCormick-Mackenzie International.« Hamilton war unbeeindruckt. »Miß Schneider ist meine Privatsekretärin und überdies eine enge persönliche Freundin.«

Hamilton wandte den Blick von Tracy und Maria ab, als hätte er beide bereits als unwichtig aus seinen Gedanken gestrichen. »Ihre persönlichen Beziehungen interessieren mich nicht. Aber mein Honorar.«

Smith rang nach Fassung. Gentlemen pflegten geschäftliche Verhandlungen nicht auf diese plumpe, direkte Art zu führen. Seine Miene schwankte zwischen Verwunderung und Zorn. Es war viele Jahre her, daß jemand es gewagt hatte, in diesem Ton mit ihm zu sprechen. Es kostete ihn große Willenskraft, seinen Ärger zu unterdrücken.

»Hiller hat Ihr Honorar wohl erwähnt«, sagte er endlich. »Eine sechsstellige Summe. Einhunderttausend Dollar. US-Dollar, mein Freund.«

»Ich bin nicht Ihr Freund. Eine Viertelmillion.«

»Lächerlich!«

»Ich könnte jetzt sagen: ›Vielen Dank für den Drink‹ und einfach gehen. Aber ich bin nicht so kindisch. Sie hoffentlich auch nicht.«

Smith wäre nicht Herr seines Imperiums geworden ohne die Fähigkeit, blitzschnell Entschlüsse zu fassen. Er kapitulierte umgehend, wenngleich seine Pose eher die des Siegers als die des Verlierers war.

»Für einen so stolzen Betrag kann man eine Menge Service erwarten.«

»Klären wir doch gleich mal die Fronten. Was Sie von mir erhalten werden, ist Zusammenarbeit, nicht Service. Ich werde später noch darauf zurückkommen. Ich finde meine Forderung keineswegs übersteigert, weil ich nämlich verdammt sicher bin, daß Sie sich in dieses Abenteuer nicht nur für ein paar hübsche Fotos und eine menschlich rührende Geschichte stürzen. Wer hätte je davon gehört, daß Joshua Smith sich auf ein Unternehmen einläßt, das nicht einen saftigen Gewinn verspricht?«

»Was die Vergangenheit betrifft, so muß ich Ihnen zustimmen«, sagte Smith ruhig. »In diesem besonderen Fall jedoch spielt Geld einmal nicht die tragende Rolle.«
Hamilton nickte zustimmend. »Gut möglich. In diesem besonderen Fall glaube ich Ihnen das durchaus.«
Smith schien einen Moment lang bestürzt über Hamiltons bereitwilliges Zugeständnis, dann richtete er seinen durchdringenden Blick lauernd auf Hamiltons Gesicht. Der lächelte. »Sie versuchen jetzt zweifellos herauszufinden, welche andere Motivation ich Ihnen unterstelle. Sie brauchen sich keine Sorgen zu machen, ich verschwende nämlich keinen Gedanken an Ihre Motive. Und jetzt zu den Transportmitteln.«
»Was? Wie bitte?« Es war Hamilton gelungen, Smith mit seiner eigenen Taktik, dem abrupten Themenwechsel, zu überrumpeln. »Ach so! Die Transportmittel.«
»Ja. Über welche Transportmittel zu Luft und zu Wasser – den Landweg können wir gleich vergessen – verfügen Ihre Firmen?«
»Über eine Menge, wie Sie sich vorstellen können. Und was wir nicht haben, können wir mieten, obwohl ich kaum glaube, daß wir darauf zurückgreifen müssen. Alle Einzelheiten kann Tracy Ihnen geben. Er ist übrigens ein ausgezeichneter Flugzeug- und Hubschrauberpilot.«
»Kann nicht schaden. Also die Einzelheiten.«
»Wenden Sie sich an Tracy.« Smith sagte das in einem

Ton, der verdeutlichen sollte, er sei nicht der Mann, der sich um Details kümmere. Tatsächlich war er in der Geschäftswelt berühmt für seine Gabe des Delegierens. Er hatte eine glückliche Hand darin, Spitzenkräfte zu engagieren und ihnen die Durchführung seiner Projekte zu übertragen. Tracy, der das Gespräch aufmerksam verfolgt hatte, erhob sich, ging auf Hamilton zu und händigte ihm einen Aktenhefter aus. Sonderlich viel Sympathie war dabei nicht aus seiner Miene abzulesen: Leitende Direktoren schätzen es verständlicherweise nicht, neugierige Halunken genannt zu werden. Hamilton schien nichts zu bemerken.

Er nahm den Ordner entgegen, überflog die abgehefteten Blätter, hielt hier und da kurz inne, sooft etwas Besonderes seine Aufmerksamkeit erregte, und klappte den Ordner schließlich wieder zu. Es sah so aus, als habe Hamilton sich den Inhalt bereits eingeprägt. Höchstwahrscheinlich war das auch der Fall. Er schien zum erstenmal beeindruckt zu sein.

»Eine ganz hübsche Luft- und Seeflotte haben Sie da beisammen. Einfach alles von einer Boeing 727 bis zu einer Piper Comanche. Sogar einen Doppelrotor-Frachthelikopter – ist das ein Sikorsky Skycrane?«

»Ja.«

»Und ein Luftkissenboot. Kann der Hubschrauber das tragen?«

»Selbstverständlich. Dafür wurde er angeschafft.«

»Wo liegt das Luftkissenboot? In Corrientes?«

»Woher, zum Teufel, wissen Sie das?« fragte Smith.
»Logisch. Hier oder in Rio würde es Verdacht erregen, nicht wahr? Diesen Ordner nehme ich mit. Wir sehen uns dann heute abend.«
»Heute abend?« Smith machte ein verärgertes Gesicht. »Verdammt noch mal, Mann, wir müssen unsere Pläne ausarbeiten und . . .«
»Die Pläne werde ich ausarbeiten. Wenn ich heute abend mit meinen Assistenten zurückkomme, werde ich sie Ihnen erläutern.«
»Verdammt noch mal, Hamilton, *ich* bin der Geldgeber. Und wer die Musik bezahlt, bestimmt, was gespielt wird.«
»Diesmal spielen Sie die zweite Geige.«
Damit ging Hamilton hinaus und ließ ein kurzes, aber abgrundtiefes Schweigen zurück. Endlich sagte Tracy: »Also. Von allen arroganten, sturen, dickfelligen Scheißkerlen . . .«
»Sie haben ja recht, stimmt schon«, fiel Smith ihm ins Wort. »Aber er hat die Trümpfe in der Hand – alle.« Er machte ein nachdenkliches Gesicht. »Ein Rätsel, dieser Mann. Hart, grob, aber gut gekleidet, kann sich behaupten, ist anscheinend auf allen Gebieten beschlagen. Nuancen, clevere Nuancen. Völlig unbefangen in meinem Salon. Das sind nicht viele. Eigentlich niemand.«
»Und er ist zu dem Schluß gekommen, daß die Verlorene Stadt zu gefährlich und unzugänglich ist, um noch einmal dieselbe Route zu nehmen«, sagte Tracy.

»Deswegen also sein Interesse für den Hubschrauber und das Hovercraft.«

»Ich weiß nicht.« Smith blickte immer noch nachdenklich drein.

»Warum würde sich ein Mann wie er sonst mit uns zusammentun?«

»Weil er überzeugt ist, daß er uns bei lebendigem Leibe fressen kann«, antwortete Maria. Nach einigem Zögern setzte sie hinzu: »Und das wird er vielleicht auch tun.«

Smith starrte sie ausdruckslos an und ging zum Fenster hinüber. Gerade ließ Hamilton den Motor seines schwarzen Cadillacs an. Ein Chauffeur hörte auf, einen unauffälligen Ford zu polieren, sah zum Fenster hinauf, nickte, stieg in den Wagen und folgte dem Cadillac.

Hamilton fuhr einen von Brasilias breiten Boulevards entlang. Er sah in den Rückspiegel. Der Ford war ungefähr zweihundert Meter hinter ihm. Hamilton beschleunigte. Der Ford ebenfalls. Beide hatten die erlaubte Höchstgeschwindigkeit jetzt weit überschritten. Hinter dem Ford tauchte ein Streifenwagen auf, schaltete die Sirene ein, überholte den Ford und hielt an.

Das Justizministerium war ein stattliches Gebäude, und das große, luftige Büro, in dem Hamilton dem Colonel Ricardo Diaz am polierten Tisch gegenübersaß, wirkte luxuriös. Diaz, ein hochgewachsener

Mann in tadelloser Uniform, war sonnengebräunt, hatte wachsame Augen, und der Eindruck, daß er ein sehr tüchtiger Mann sei, täuschte nicht. Er trank einen Schluck Tonicwasser und seufzte.

»Über Smith, Mr. Hamilton, wissen Sie genauso viel wie wir – alles und nichts. Seine Vergangenheit ist ein Rätsel, seine Gegenwart ein offenes Buch, in dem jeder lesen kann. Die Grenze zwischen Gegenwart und Vergangenheit ist schwer zu ziehen, aber man weiß, daß er Ende der vierziger Jahre in Santa Catharina eintraf, oder vielmehr dort aus dem Nichts auftauchte. Diese Provinz zeichnet sich aus durch eine traditionell stark deutsche Bevölkerung. Ob auch er deutscher Herkunft ist, wissen wir nicht: Sein Englisch ist ebenso tadellos wie sein Portugiesisch; und soweit mir bekannt ist, hat ihn noch nie jemand deutsch sprechen hören.

Sein erstes geschäftliches Unternehmen war eine Zeitung, die sich zwar hauptsächlich an die deutschsprachigen Bewohner der Provinz wandte, aber auf portugiesisch gedruckt wurde. Das Blatt war konservativ und unterstützte das Establishment. Das war der Beginn einer langen und engen Verbindung mit der damaligen Regierung, einer Verbindung, die trotz verschiedener Regierungswechsel bis auf den heutigen Tag besteht.

Dann dehnte Smith seine Aktivitäten auf die Entwicklung von Plastikwaren und Kugelschreibern aus. Ein Neuerer im eigentlichen Sinne war er freilich nie, er war und ist Spezialist für Firmenübernahmen und ein Genie im Börsengeschäft. Sowohl seine Verlags- als auch die Industrieunternehmen wuchsen mit bemerkenswertem Tempo, und innerhalb von zehn Jahren war er ein äußerst wohlhabender Mann.«

»Das hätte er aber nicht werden können, ohne zu Anfang mit ein paar hübschen Cruzeiros einzusteigen«, wandte Hamilton ein.

»Stimmt. Eine Expansion in diesem Umfang muß ein beträchtliches Anfangskapital erfordert haben.«

»Und der Ursprung dieses Kapitals ist unbekannt?«

»Ganz und gar. Aber das kann man niemanden zum Vorwurf machen. In diesem Land – wie in vielen anderen auch – halten wir nichts davon, die Dinge zu genau unter die Lupe zu nehmen.

Und jetzt zu Tracy. Er ist wirklich Leitender Direktor in Smiths Presseimperium. Sehr hart, sehr tüchtig, nicht vorbestraft. Das bedeutet, daß er entweder anständig ist oder sehr clever vorgeht. Mit etwas gutem Willen könnte man ihn als Glücksritter bezeichnen. Die Polizei ist überzeugt, daß er einen Großteil seiner Aktivitäten illegal betreibt. Diamanten verschwinden ausgerechnet dann auf rätselhafte Art, wenn er in der Nähe ist. Doch er ist niemals verhaftet, geschweige denn verurteilt worden.«

»Dann haben wir noch Serrano auf Ihrer Liste. Tut mir leid, da muß ich Sie enttäuschen: über den konnten meine Leute nichts herausbringen. Der Kerl ist nirgends registriert.«

»Na, jedenfalls kann er kein Feigling sein, wenn er sich ganz allein in den Regenwald am Mato Grosso wagt. Das würden nicht viele Weiße fertigbringen.«

»Ich muß gestehen, daß mir dieser Gedanke auch schon gekommen ist. Ich gebe hier lediglich weiter, was die Ermittlungen über ihn ergaben, und die sind, wie gesagt, leider negativ.

Nun zu Heffner. Der ist der Trumpf im Ärmel. Der New Yorker Polizei bestens bekannt. Man glaubt dort, daß er an Gewaltverbrechen und Unterweltmorden beteiligt war, aber bisher wurde er immer freigesprochen. Im Grund nicht allzu verwunderlich – in keinem Land der Welt reißt sich die Polizei ein Bein aus, wenn ein Gangster den anderen umlegt. Merkwürdiger Bursche. Normalerweise höflich und redegewandt – na, man kennt das ja von diesen sogenannten Stützen der Gesellschaft, den Mafia-Bossen. Aber sobald er an eine Flasche Bourbon gerät, platzt der Lack ab. Und er hat eine Schwäche für Bourbon.«

»Und Smith hat gegen das alles nichts einzuwenden?«

»Offiziell liegt nichts gegen ihn vor, wie ich schon sagte, aber man kann sich nicht mit Typen wie Hiller, Heffner und Tracy zusammentun, ohne daß ein bißchen was abfärbt. Könnte natürlich auch umgekehrt sein.« Er blickte auf, denn es hatte geklopft. »Nur herein, nur herein!«

Ramon und Navarro kamen herein. Die Zwillinge

trugen Khakianzüge und lächelten fröhlich. Diaz musterte sie und verzog das Gesicht.

»Ah, der berühmte Sargento Herera und der berühmte Sargento Herera. Oder auch die berüchtigten Zwillinge. Sie sind weit entfernt von der Heimat, meine Herren.«

»Das ist Señor Hamiltons Schuld, Sir.« Ramon breitete entschuldigend die Hände aus. »Er führt uns immer vom Wege ab.«

»Ja, ja, ich weiß. Es geht Ihnen wie Marys armen, kleinen Lämmchen. Ah, da kommt ja unsere Karte.«

Ein junger Offizier war eingetreten und breitete eine Landkarte Südamerikas auf dem Tisch aus. Sie war mit unterschiedlichen Markierungen versehen. Verschiedenfarbige Fähnchen in Kreisen und Quadraten bezeichneten die einzelnen Stammes- und Sprachbereiche. Andere symbolisierten die Feindseligkeit oder Friedfertigkeit der jeweiligen Stämme.

»Dies ist die aktuellste Übersicht, die Ihnen der Indianerschutzdienst geben kann. Wie Ihnen gewiß schon zu Ohren gekommen ist, gibt es immer noch einige Gebiete, die der Schutzdienst nicht eingehend zu erforschen wagt. Die meisten Stämme sind friedlich – befriedet, wenn man so will. Andere gelten immer noch als feindselig. Nahezu immer die Schuld der Weißen.«

Hamilton deutete auf einen Punkt und sah Diaz bedeutungsvoll an. »Corrientes. Da hat Smith ein Luftkissenboot liegen. Man kann sich leicht denken, warum. Dort fließen Paraná und Paraguay zusammen, und er muß ziemlich sicher sein, daß die Verlorene Stadt im Quellgebiet eines der beiden Flüsse zu finden ist, sonst hätte er sein Boot nicht in Argentinien deponiert. Ich werde den Paraguay hinauffahren. Den kenne ich zwar nicht sehr gut, und es heißt, daß es dort gefährliche Stromschnellen gibt, aber für den Fall wird uns der Hubschrauber helfen.«

»Ihr Freund besitzt einen Hubschrauber?« erkundigte sich Diaz.

»Mein Freund, wie Sie ihn nennen, besitzt einfach alles. Dieser Hubschrauber ist übrigens ein Gigant, ein Sikorsky Skycrane. Zutreffende Bezeichnung, der Vogel kann praktisch alles heben. Den Hubschrauber werden wir in Asunción in Paraguay stationieren. Das Luftkissenboot könnte die Strecke in drei Etappen zurücklegen: von argentinischen Corrientes nach Puerto Casado oder Puerto Sastre in Paraguay, dann weiter nach Corumbá in Brasilien und schließlich nach Cuiabá. Sollten wir die Strecke nicht per Boot bewältigen, kommt uns der Hubschrauber von Asunción zu Hilfe und befördert uns nach Rio da Morte.«

»Und Sie hätten es gern, wenn ein paar Einheiten des Bundesheeres in der Nähe von Cuiabá Übungen abhalten, wie?«

»Falls es sich machen läßt.«

»Ist bereits veranlaßt.«

»Ich stehe in Ihrer Schuld, Colonel Diaz.«

»Es wäre zutreffender zu sagen, daß wir in Ihrer Schuld stehen. Das heißt, falls ...«

»*Falls* ich zurückkomme?«

»Genau.«

Hamilton deutete auf die beiden jungen Männer. »Mit diesen himmlischen Zwillingen als Rückendekkung – was könnte mir da schon zustoßen?«

Diaz musterte ihn kurz und zweifelnd, dann drückte er auf einen Knopf. Ein Adjutant kam mit einer braunen Ledertasche herein, holte eine Art großer Filmkamera heraus und reichte sie Hamilton, der auf einen an der Unterseite befindlichen Knopf drückte. Das leise Surren einer elektrisch betriebenen Kamera ertönte.

»Ob Sie es glauben oder nicht, aber damit können Sie tatsächlich Aufnahmen machen, wenn Sie wollen«, erklärte Diaz.

Hamilton lächelte grimmig. »Ich glaube kaum, daß ich mich diesmal mit Fotografieren befassen werde. Wie groß ist der Sendebereich des Funkgeräts?«

»Fünfhundert Kilometer.«

»Das reicht. Wasserdicht?«

»Selbstverständlich. Sie reisen morgen?«

»Nein. Wir müssen Proviant und Dschungelausrüstung besorgen und alles nach Cuiabá fliegen. Dann müssen wir das Luftkissenboot auf den Weg bringen. Und wichtiger noch, ich muß vorausfliegen und mich um unseren Freund Mr. Jones kümmern.«

»In die Kolonie zurück?«

»In die Kolonie zurück.«

»Sie sind ein außergewöhnlich hartnäckiger Mann, Hamilton«, sagte Diaz langsam. »Aber Sie haben, weiß Gott, jedes Recht dazu.« Er schüttelte den Kopf. »Ich bin sehr um die Gesundheit Ihrer Reisegefährten bei Ihrer bevorstehenden Expedition besorgt.«

Hamilton hatte sich wieder zu seinen zukünftigen Reisegefährten gesellt. Draußen, im Park der Villa Haydn, war der Himmel tiefdunkel. Der Salon erstrahlte im Schein dreier Kristallkronleuchter, die ein warmes, angenehmes Licht verbreiteten. Neun Personen befanden sich im Raum. Die meisten standen herum und drehten ihr Cocktailglas in der Hand. Außer Smith und seiner Entourage waren Hamilton und die Sargentos Herera anwesend. Smith machte Hamilton mit Heffner bekannt. Heffner hatte ein leicht gerötetes Gesicht, und seine Stimme klang eine Spur zu forsch. Er hockte auf der Armlehne von Marias Sessel. Tracy beobachtete ihn mißbilligend.

Smith sah Hamilton prüfend an. »Ich muß sagen, Ihre himmlischen Zwillinge, wie Sie sie nennen, machen einen höchst erdverbundenen Eindruck.«

»Sie fühlen sich in Salons nicht besonders wohl. Im Dschungel ist das anders. Da sind sie gut. Augen wie Eichhörnchenjäger.«

»Und das heißt?«

»Jeder von beiden kann mit dem Gewehr auf hundert

Meter eine Spielkarte treffen. Die meisten könnten auf die Entfernung nicht mal eine Karte sehen.«
»Soll mich das einschüchtern? Wollen Sie mir drohen?«
»Keins von beiden. Ich will Sie nur beruhigen. Eine sehr nützliche Kunst, wenn Wildschweine, Alligatoren, Kopfjäger oder Kannibalen hinter einem her sind. Wir dürfen die bevorstehende Expedition auf keinen Fall mit einem Sonntagsausflug verwechseln.«
»Das ist mir klar.« Smith gab sich Mühe, seine Ungeduld zu unterdrücken. »Nun, Ihr Plan kommt mir recht vernünftig vor. Wir brechen also in zwei Tagen auf, wie?«
»Eher in einer Woche. Ich wiederhole: es wird kein Ausflug. Man rennt nicht innerhalb von ein paar Tagen los, wenn man in den Amazonas-Regenwald will, vor allem dann nicht, wenn man feindliches Territorium durchqueren muß, und glauben Sie mir, das werden wir müssen. Zunächst sollten wir dem Luftkissenboot ein paar Tage Zeit lassen, um bis nach Cuiabá zu gelangen. Wir wissen ja nicht, ob es unterwegs auf Hindernisse stoßen wird. Dann müssen wir Proviant und Ausrüstung zusammentragen und alles nach Cuiabá fliegen. Das heißt, Sie müssen das tun. Ich habe in der Zwischenzeit noch etwas anderes zu erledigen.«
Smith zog gekonnt eine Augenbraue hoch. »Was, wenn ich fragen darf?«

»Tut mir leid.« Hamilton klang freilich keineswegs so, als ob es ihm leid täte. »Wo kann man in dieser Stadt einen Hubschrauber mieten?«
Smith atmete tief durch und faßte offensichtlich den Entschluß, diese brüske Abfuhr einfach zu ignorieren. »Nun ja, Sie wissen doch, daß ich diesen Fracht-Sikorsky habe . . .«
»Diesen schwerfälligen Riesen? Nein, danke.«
»Ich habe noch einen kleineren. Und einen Piloten.«
»Nochmals danke. Tracy ist nicht der einzige, der einen Hubschrauber fliegen kann.«
Smith musterte ihn schweigend. Seine Miene war ausdruckslos, aber Hamilton konnte dennoch seine Gedanken erraten. Es würde, so kalkulierte Smith, durchaus zu Hamiltons verschlossenem Naturell passen, den Helikopter eigenhändig zur Verlorenen Stadt zu steuern, damit niemand außer ihm in den Besitz des Geheimnisses käme. Endlich sagte Smith: »Die Liebenswürdigkeit scheinen Sie ja wohl auch nicht gepachtet zu haben! Sehen Sie da nicht ein paar Konflikte auf uns zukommen, wenn wir uns gemeinsam auf die Suche machen?«
Hamilton zuckte gleichgültig die Achseln. »Es ist keine Suche. Ich weiß, wohin ich gehe. Und wenn Sie befürchten, daß es Reibereien gibt, warum lassen Sie dann nicht die zu Hause, die sie wahrscheinlich heraufbeschwören werden? Für mich ist es unwichtig, wer mitkommt.«
»Das lassen Sie bitte mich entscheiden, Hamilton.«

»Ach, Sie wollen das entscheiden?« Wieder diese aufreizende Gleichgültigkeit. »Ich glaube, Sie haben immer noch keine rechte Ahnung von dem, was uns bevorsteht.«
Was nun folgte, war ein untrügliches Zeichen dafür, daß Smith Gefahr lief, seine sprichwörtliche Selbstbeherrschung zu verlieren. Er ging tatsächlich an die Bar und goß sich eigenhändig einen Drink ein. Normalerweise hätte er den Butler gerufen und sich von ihm bedienen lassen. Das Glas in der Hand, trat er wieder auf Hamilton zu und sagte: »Nun gut, Sie haben in der Ausarbeitung der Pläne Ihren Kopf durchgesetzt. Aber wir haben noch nicht entschieden, wer die Leitung unserer kleinen Expedition haben soll, nicht wahr?«
»Ich schon. Ich selbst.«
Jetzt verlor Smith seine mühsam bewahrte Fassung. Er war nun jeder Zoll der befehlsgewohnte, herrische Mann, als den seine Gegner ihn kannten und fürchteten.
»Ich wiederhole, Hamilton: Ich bin der Geldgeber.«
»Der Reeder bezahlt seinen Kapitän. Aber wer befehligt auf See? Oder in unserem Fall: Wer hat im Dschungel zu bestimmen? Ohne mich würden Sie dort nicht einen Tag überleben.«
Urplötzlich war es still im Zimmer. Die Spannung zwischen den beiden Männern übertrug sich auf die übrigen Anwesenden. Heffner erhob sich von der Sessellehne, schwankte einen Augenblick und ging

dann auf Smith und Hamilton zu. In seinen blutunterlaufenen Augen stand brutale Kampflust.
»Aber Boß! Sie scheinen nicht zu verstehen.« Heffners Stimme war ein höhnisches Zischen. »Dies ist der furchtlose Entdecker höchstpersönlich! Der einzigartige, unübertreffliche Hamilton. Haben Sie denn nicht gehört? Hamilton führt stets das Kommando.«
Hamilton sah Heffner wortlos an und wandte sich dann an Smith. »Hier haben wir ja schon den Störenfried, den ich vorhin meinte. Ein typischer Unruhestifter, der Reibereien auslösen *muß*. Welche Funktion, sagten Sie, hat dieser Mann?«
»Er ist mein Starfotograf.«
»Sieht auch wie ein Künstler aus. Kommt der mit?«
»Selbstverständlich.« Smiths Ton war eisig. »Warum hätten Mr. Tracy und ich ihn sonst hierhergebracht?«
»Ich dachte, daß er vielleicht irgendwo schleunigst verschwinden mußte.«
Heffner trat einen Schritt näher. »Was soll das heißen, Hamilton?«
»Ach, gar nichts. Ich dachte nur, Ihre Freunde von der New Yorker Polizei hätten sich vielleicht allzusehr für Sie interessiert, und Sie hätten es vorgezogen, sich nach Brasilien abzusetzen.«
Heffner war einen Moment lang sprachlos. Dann trat er drohend einen Schritt vor. »Verdammt, ich weiß nicht, was Sie meinen. Sie werden mich doch wohl

nicht daran hindern wollen, die Expedition zu begleiten, Hamilton, wie?«
»Ich und Sie am Mitkommen hindern? Himmel, nein!«
Ramon sah Navarro an. Beide verzogen das Gesicht.
»Erstaunlich«, sagte Heffner. »Man braucht also nur zwanzig Pfund mehr auf die Waage zu bringen als Sie, und schon lassen Sie sich bekehren.«
»Vorausgesetzt natürlich, daß Sie bis zu unserem Aufbruch halbwegs nüchtern sind«, beendete Hamilton sarkastisch seine Rede.
Heffner stierte ihn alkoholisiert und ungläubig an, dann holte er aus und zielte mit einem rechten Schwinger auf Hamiltons Kopf. Hamilton unterlief ihn und verpaßte ihm eine harte, gerade Linke, während Heffners Faust an seinem Kopf vorbei ins Leere zischte. Grau im Gesicht und zusammengekrümmt sank Heffner, beide Hände vor dem Bauch verkrampft, in die Knie.
Ramon sagte nachdenklich: »Ich glaube, Señor Hamilton, daß er jetzt schon halbwegs nüchtern ist.«
»Kurzer Prozeß mit Meuterern, wie?« Smith zeigte sich vom Mißgeschick seines bewährten Fotografen nicht im geringsten berührt. Sein Zorn hatte der Neugier Platz gemacht. »Sie wissen also etwas über Heffner?«
»Ich lese hie und da New Yorker Zeitungen«, entgegnete Hamilton. »Gewiß, ich bekomme sie immer ein bißchen spät, aber das spielt in dem Fall keine

Rolle. Heffners Aktivitäten ziehen sich schließlich meist über einen beträchtlichen Zeitraum hin. Verdacht auf Beteiligung an Gewaltverbrechen und an Unterweltmorden, nicht wahr? Das ist doch seine Sparte, stimmt's? Entweder ist er gerissener als er aussieht, was ich nicht glaube, oder er hat einen cleveren Anwalt. Jedenfalls ist er seiner Strafe bis jetzt entgangen. Unmöglich, Mr. Smith, daß Sie davon keine Ahnung hatten.«

»Ich muß gestehen, daß ich einiges gehört habe, Gerüchte. Doch darauf gebe ich nichts. Zwei Prinzipien gelten für mich: Erstens, einer muß sein Geschäft verstehen. Zweitens, ein Mann ist unschuldig, bis seine Schuld bewiesen ist.« Smith hielt inne; dann fragte er betont gleichgültig: »Haben Sie vielleicht auch Nachteiliges über mich?«

»Nein, nichts. Jeder weiß, daß Ihr Leben ein offenes Buch ist. Ein Mann in Ihrer Position kann sich auch nichts anderes erlauben.«

»Und wie steht's mit mir?« fragte Tracy.

»Ich möchte Sie gewiß nicht kränken, aber von Ihnen habe ich heute zum erstenmal gehört.«

Smith warf einen flüchtigen Blick auf den immer noch leblos daliegenden Heffner, besann sich und klingelte. Der Butler erschien. Beim Anblick des Mannes auf dem Fußboden verzog er keine Miene. Hamilton konnte sich des Eindrucks nicht erwehren, daß er schon öfter Zeuge solcher Szenen in diesem illustren Salon geworden war.

»Mr. Heffner fühlt sich nicht wohl«, erklärte Smith. »Lassen Sie ihn auf sein Zimmer schaffen. Ist das Essen bereit?«

»Jawohl, Sir.«

Als sie den Salon verließen, ergriff Maria Hamiltons Arm. Mit gedämpfter Stimme sagte sie: »Ich wünschte, Sie hätten das nicht getan.«

»Sagen Sie bloß nicht, ich hätte zufällig Ihren Verlobten niedergeschlagen.«

»Meinen Verlobten? Ich kann ihn nicht ausstehen. Aber er hat ein gutes Gedächtnis – und einen sehr schlechten Ruf.«

Hamilton tätschelte ihre Hand. »Das nächstemal halte ich die andere Wange hin.«

Sie entriß ihm ihre Hand und ging mit raschen Schritten voraus.

Nach dem Dinner fuhren Hamilton und die Zwillinge gemeinsam mit dem schwarzen Cadillac ins Hotel zurück. Navarro stellte bewundernd fest: »Jetzt denken alle, daß Sie Heffner als den faulen Apfel betrachten, aber Smith, Tracy, Hiller und auch Serrano für so rein halten wie frisch gefallenen Schnee. Sie sind wirklich ein schrecklicher Heuchler, Señor Hamilton.«

»Man sollte bescheiden sein mit solchem Lob. Wie überall, so macht auch hier die Übung den Meister.«

4

Die Dämmerung senkte sich über den Paraná, als auf einem Sandstreifen am linken Ufer ein Hubschrauber landete. Er war sowohl mit Kufen als auch mit Schwimmern ausgerüstet. Das östliche Ufer war, soweit das Auge im Zwielicht reichte, stromauf und stromab von dichtem, undurchdringlichem Regenwald gesäumt. Das westliche Ufer konnte man in der zunehmenden Dunkelheit mit bloßem Auge nicht mehr erkennen, denn an dieser Stelle, nahe der Einmündung des Iquelmi in den Paraná, war der Strom über fünf Meilen breit.

Die Hubschrauberkabine war nur matt beleuchtet, und doch hatte man zur Vorsicht noch schwarze Gardinen vor die Fenster gezogen. Hamilton, Navarro und Ramon aßen zu Abend. Ihre Mahlzeit bestand aus kaltem Fleisch, Brot, Bier und Sodawasser – Bier für Hamilton, Sodawasser für die Zwillinge.

Ramon erschauerte in gespieltem Entsetzen. »Mir ist nicht wohl hier.«

»Das geht vielen so«, antwortete Hamilton. »Aber

das kommt ja Brown alias Mr. Jones und seinen Freunden nur gelegen. Vom Standpunkt der Verteidigung aus ist es vermutlich der uneinnehmbarste Ort in ganz Südamerika. Vor Jahren habe ich Brown und seine Gefolgsleute einmal bis nach San Carlos de Bariloche in der Nähe des Ranco-Sees an der chilenisch-argentinischen Grenze verfolgt. Das war, weiß Gott, eine starke Festung, aber er fühlte sich dort nicht sicher genug. Also suchte er sich ein Versteck in den chilenischen Anden, und dann kam er hierher.«

»Wußte er, daß Sie hinter ihm her waren?« erkundigte sich Navarro.

»Ja. Seit Jahren. Und unser stinkreicher Freund in Brasilia jagt ihn noch viel länger. Möglicherweise suchen ihn auch noch andere.«

»Und nun fühlt er sich hier auch nicht mehr sicher?«

»Davon bin ich fast überzeugt. Ich weiß, daß er in diesem Jahr in der Verlorenen Stadt war, wie schon mehrmals in den letzten Jahren. Aber er liebt seinen Komfort, und den gibt es in der Ruinenstadt nicht. Möglicherweise hat er das Risiko auf sich genommen und ist zurückgekehrt. Das ist zwar unwahrscheinlich, aber ich muß mich vergewissern. Denn sonst hätte es keinen Zweck, zur Verlorenen Stadt aufzubrechen.«

»Sie wollen also unbedingt Brown und seinen Freund einander gegenüberstellen?«

»Ja. Ich habe sonst keinerlei Beweise. Dieses – äh –

Zusammentreffen wird mir alle Beweise liefern, die ich brauche.«

»Erinnern Sie mich daran, daß ich gut auf mich aufpasse. Ich möchte diese Begegnung erleben.« Navarro drehte sich um und spähte durch einen Spalt im Vorhang flußabwärts. »Es wird wohl nicht leicht sein, in diese Festung einzudringen, nicht wahr?«

»Es wird nicht leicht sein. Browns Besitzung hier – sie nennt sich Kolonie Waldner 555 – ist besser bewacht als der Sitz des Präsidenten. Auf dem Grundstück wimmelt es nur so von Berufskillern, die als Wachen fungieren – und damit meine ich, daß es sich um ausgebildete, erfahrene Mörder handelt. Nach Norden und Süden hin schützt ihn der unwegsame Dschungel. Im Süden liegt Paraguay, und Brown ist mit dem dortigen Expräsidenten eng befreundet. Im Osten grenzt der Fluß hier an seinen Besitz, und beiderseits der Straßen nach Asunción und Bella Vista liegen zahlreiche deutsche Siedlungen, die fast ausschließlich von ehemaligen SS-Leuten bewohnt sind. Man findet hier keinen einzigen Lotsen, der gebürtiger Brasilianer wäre; das sind alles Deutsche von der Elbe.«

»Nachdem Sie uns so enthusiastisch von der Festung vorgeschwärmt haben«, sagte Ramon, »drängt sich mir plötzlich eine Frage auf: Wie kommen *wir* da hinein?«

»Ich muß gestehen, daß ich dieser Frage ebenfalls einige Überlegungen gewidmet habe. Wir haben im

Grunde kaum eine Wahl. Es gibt eine Straße, die von den Versorgungslastern benutzt wird, aber die ist zu lang, zu gefährlich und führt durch ein Tor mit bewehrtem Wachhaus, von dem aus nach beiden Seiten elektrische Zäune verlaufen. Außerdem gibt es ungefähr zehn Meilen flußabwärts von hier einen Landesteg – ungefähr fünfzehn Meilen nördlich der Grenze von Paraguay. Die Straße, die von dort zur Niederlassung führt, ist etwa eine Meile lang und fast immer sorgfältig bewacht. Doch sie ist unsere einzige Chance. Am Westufer des Paraná gibt es wenigstens keine elektrischen Zäune. Jedenfalls waren noch keine da, als ich zum letztenmal hier war. Wir rasten zwei Stunden, dann geht's los.«

»Wäre es Ihnen recht«, fragte Navarro, »von uns mit skeptischen Blicken bedacht zu werden?«

»Nur zu«, antwortete Hamilton amüsiert. Er öffnete einen Rucksack, entnahm ihm drei Luger mit Schalldämpfer, drei Ersatzmagazine, drei Jagdmesser in Lederscheiden und verteilte die Waffen. »Schlaft, wenn ihr könnt. Ich halte Wache.«

Mit abgestelltem Motor ließ sich der Hubschrauber von der Strömung am rechten Ufer des Paraná flußabwärts treiben und hielt sich dabei so nahe wie möglich unter Land, um nicht in das helle Licht des klaren Halbmonds zu geraten, der hoch am wolkenlosen Himmel dahinsegelte. Jetzt wurde eine Tür im Rumpf geöffnet, eine Gestalt erschien, kletterte auf einen der Pontons hinab und versenkte lautlos einen Anker im Wasser. Eine zweite Gestalt erschien mit einem dicken Paket unter dem Arm. Ein leises Zischen, und innerhalb von dreißig Sekunden war das Gummischlauchboot voll aufgeblasen. Die dritte Gestalt, die aus dem Hubschrauber kroch, trug einen kleinen Außenbordmotor und eine mittelgroße Batterie. Die beiden ersten stiegen vorsichtig in das Schlauchboot und nahmen der dritten Motor und Batterie ab. Der Motor wurde am Heck befestigt, die Batterie auf die Bodenplanken gestellt und mit dem Motor verbunden.

Der Motor wurde gestartet und lief beinahe lautlos. Das leise Geräusch, das dennoch entstand, wurde vom Südwestwind, einem ständigen Gast in dieser Gegend, stromaufwärts getragen. Die Leine wurde vom Hubschrauber gelöst, und das Schlauchboot fuhr stromabwärts. Die drei Insassen hockten geduckt am Boden, lauschten angestrengt und spähten prüfend in die Dunkelheit unter den überhängenden Ästen der Regenwaldbäume.

Hundert Meter weiter flußabwärts beschrieb der Fluß einen Bogen nach rechts. Hamilton stellte den Motor ab, die Zwillinge tauchten Paddel ins Wasser, und kurz darauf umrundeten sie, während hin und wieder ein Paddel das Ufer streifte, vorsichtig die Krümmung.

Der Landesteg ragte knapp zweihundert Meter weiter vor ihnen ungefähr zwanzig Fuß weit ins Wasser hinein. Am Ufer führte der Steg zu einem Wachhaus hin. Das Licht, das aus einem der kleinen Fenster schien, beleuchtete die gespaltenen und gesplitterten Holzplanken des Stegs und zwei Männer, die mit umgehängtem Gewehr entspannt und bequem auf Rohrstühlen saßen und ihre Wachpflicht nicht allzu ernst zu nehmen schienen. Beide rauchten und tranken abwechselnd aus einer Flasche. Als zwei andere Männer sich ihnen vom Wachhaus her näherten, standen sie auf. Die vier unterhielten sich kurz, dann übernahm die Ablösung die Stühle und natürlich auch die Flasche, während der abgelöste Posten ins Wachhaus zurückkehrte.

Das Schlauchboot lief leise auf das schlammige Flußufer auf und wurde mit der Leine an einem tiefhängenden Ast festgemacht. Die drei Männer stiegen aus und verschwanden im Unterholz.

Nachdem sie ungefähr zehn Meter zurückgelegt hatten, sagte Hamilton kaum hörbar zu Navarro: »Was habe ich euch gesagt? Keine elektrischen Zäune.«

«Hüten Sie sich vor Fußangeln und Selbstschüssen.«

Drinnen im Wachhaus hielten sich vier Mann auf, allesamt in Uniformen vom Feldgrau der deutschen Wehrmacht im Zweiten Weltkrieg. Sie lagen angezogen auf ihren Pritschen. Drei schliefen oder dösten vor sich hin, der vierte blätterte in einer Illustrierten. Obwohl kein Geräusch zu hören war, blickte er instinktiv zur Tür.

Ramon und Navarro lächelten ihn wohlwollend an. Doch ungeachtet dieses Lächelns hielten beide bedrohlich ruhig ihre schallgedämpften Luger auf ihn gerichtet.
Die beiden Posten auf dem Landesteg blickten über den Paraná hinaus, als sich hinter ihnen jemand scheinbar entschuldigend räusperte. Blitzschnell fuhren sie herum. Hamilton machte sich nicht erst die Mühe, sie anzulächeln.

Im Wachhaus wurden die sechs Mann dann so sicher gefesselt und geknebelt, daß jegliche Hoffnung auf Flucht erstarb. Ramon betrachtete die beiden Telefone und blickte Hamilton fragend an. Der nickte und sagte: »Kein Risiko eingehen.«
Ramon durchschnitt die Leitungen, während Navarro die Gewehre der Gefangenen einsammelte. »Auch hier kein Risiko?« wandte er sich an Hamilton.
»Ganz recht«, antwortete der. Die drei gingen hinaus, warfen die Gewehre in den Paraná und schlugen dann den Weg ein, der den Landesteg mit der Kolonie 555 verband. Die Zwillinge hielten sich dicht am Waldsaum auf der linken Straßenseite, während Hamilton weit rechts blieb. Langsam und lautlos, mit der Geschmeidigkeit von Indianern, tasteten sie sich voran. Sie hatten nicht umsonst viel Zeit in unmittelbarem Kontakt mit den unberechenbaren Stämmen des Mato Grosso verbracht.
Als sie nur noch wenige Meter von dem Grundstück

entfernt waren, bedeutete Hamilton seinen beiden Gefährten stehenzubleiben. Die Kolonie lag im hellen Mondlicht vor ihnen. Sie war nach dem Grundriß einer Kaserne angelegt, mit einem Innenhof von zirka fünfzig Meter Durchmesser, um den sich acht Hütten reihten. Die meisten davon waren recht baufällig, doch ganz hinten links stand ein solide gebauter Bungalow. Dicht daneben befand sich eine Nissenhütte, hinter der sich ein kurzer Landestreifen erstreckte. Am Eingang des Hofes, schräg gegenüber dem Bungalow, stand eine strohgedeckte Hütte. Sie schien das Wachhaus zu sein, denn vor der Tür ging ein Mann auf und ab und beobachtete den Eingang. Wie seine Kameraden am Landesteg trug auch er eine paramilitärische Uniform und hatte ein Gewehr geschultert.
Hamilton winkte Ramon, der sofort reagierte. Die drei verschwanden im Unterholz.
Der Wachposten blieb stehen, legte den Kopf zurück und hob eine Flasche an den Mund. Das Geräusch eines dumpfen Schlages ertönte, der Wachposten verdrehte die Augen, und drei scheinbar körperlose Hände tauchten aus dem Nichts auf. Die eine nahm ihm die Flasche aus der kraftlosen Hand, während ihn die beiden anderen unter den Achseln packten, ehe er zusammensackte.

In der Hütte, die tatsächlich als Wachhaus diente, lagen sechs Männer; alle waren gefesselt und gekne-

belt. Hamilton, der allein mitten im Raum stand und Gewehre und Pistolen unbrauchbar machte, sah auf, als Ramon und Navarro, jeder mit einer Stablampe in der Hand, eintraten. Schweigend schüttelten die Zwillinge den Kopf. Die drei verließen das Wachhaus und durchsuchten die anderen Hütten systematisch. Hamilton und Ramon blieben draußen stehen, während Navarro Hütte für Hütte in Augenschein nahm. Schließlich hatten sie das letzte Gebäude, den Bungalow, erreicht. Den betraten alle drei gemeinsam. Hamilton, der voranging, tastete nach einem Schalter, knipste das Licht an, und die drei blinzelten in die plötzliche Helle.
Der Raum war eine Kombination aus Büro und Wohnzimmer und mit beträchtlichem Komfort eingerichtet. Schubladen und Aktenschränke wurden durchstöbert, enthielten aber nichts, was Hamilton interessierte. Sie betraten ein zweites Zimmer, das sich als ebenfalls höchst komfortabel ausgestatteter Schlafraum entpuppte. An der Stirnwand prangten drei gerahmte, mit Widmung versehene Fotos. Es waren Porträts von Hitler, Goebbels und Stroessner, dem Expräsidenten von Paraguay. Der Kleiderschrank war spärlich bestückt, was darauf hin deutete, daß der Besitzer mit einem Großteil seiner Garderobe verschwunden war. In einem Spind standen ein Paar braune Reitstiefel. Die Nazis hatten schwarze Stiefel favorisiert, Stroessner dagegen bevorzugte braune.

Vom Schlafzimmer begaben sich die drei in Browns mutmaßliche Kommandozentrale, einen Raum mit zwei großen, weitreichenden Funksprechgeräten modernster Konstruktion. Sie fanden einen Werkzeugkasten, und während Hamilton und Ramon mit Meißel und Schraubenzieher die Deckplatten entfernten und den komplizierten Mechanismus zerstörten, suchte Navarro sämtliche Ersatzteile heraus und bearbeitete sie so lange, bis sie nur noch aus Schrott und Glasscherben bestanden.
»Der Herr hat hier noch ein sehr schönes Funkgerät«, meldete Navarro.
»Sie wissen, was Sie damit zu tun haben?«
Navarro wußte es. Vom Bungalow begaben sie sich in die Nissenhütte. Mitten durch dieses Gebäude verlief eine Anlage, die gewiß der Stolz und die Freude der Kolonie war: eine echte, maßstabsgerechte amerikanische Bowlingbahn. Der schenkten die drei allerdings keine Beachtung. Was ihre Aufmerksamkeit erregte, war eine Piper Cub in einer Nische neben der Bowlingbahn. Es dauerte keine zehn Minuten, bis die Männer dafür gesorgt hatten, daß die Maschine sich nie mehr in die Lüfte erheben würde.
Auf dem Rückweg zum Fluß, den sie mitten auf der Straße zurücklegten, sagte Ramon: »Ihr Freund ist also auf und davon.«
»Präziser ausgedrückt, der Vogel ist ausgeflogen und hat die meisten seiner schweren Jungs mitgenommen: Nazis, polnische und ukrainische Überläufer.

Eine so erlesene Sammlung von Kriegsverbrechern, wie man sie wohl kein zweites Mal findet. Die Mannschaft hier gehört eindeutig zur zweiten Garnitur.«

»Was meinen Sie, wohin Brown sich abgesetzt hat?«

»Danach werden wir uns erkundigen.«

Die drei Männer betraten das Wachhaus am Landesteg. Wortlos durchschnitten sie die Fußfesseln eines Gefangenen, nahmen ihm den Knebel aus dem Mund, zerrten ihn auf die Füße und führten ihn hinaus auf den Steg.

»Brown hatte drei Piper Cubs«, sagte Hamilton. »Wo sind die beiden anderen?«

Der Wachmann spie verächtlich aus. Auf ein Zeichen von Hamilton zog Navarro dem Mann mit einem Messer einen Schnitt quer über den Handrücken. Das Blut floß reichlich. Gemeinsam zerrten sie den Posten so weit vor, daß er auf der äußersten Kante des Stegs balancierte.

»Piranhas«, erklärte Hamilton verbindlich, »riechen Blut auf eine Viertelmeile. Neunzig Sekunden, und Sie bestehen nur noch aus abgenagten Knochen. Falls Sie zuvor nicht ein Krokodil erwischt. So oder so, bei lebendigem Leibe gefressen zu werden, ist nicht sehr erfreulich.«

Der Mann starrte entsetzt auf seine blutende Hand. Er zitterte. »Nach Norden«, stieß er hervor. »Nordwärts zum Campo Grande.«

»Und von da aus?«

»Ich schwöre bei Gott . . .«

»Werft ihn ins Wasser.«

»Planalto de Mato Grosso. Mehr weiß ich nicht. Ich schwöre Ihnen . . .«

»Hören Sie auf mit Ihren verdammten Schwüren«, unterbrach Hamilton ihn voller Überdruß. »Ich glaube Ihnen ja. Brown würde seine Geheimnisse niemals solchem Geschmeiß anvertrauen.«

»Was machen wir nun mit den Gefangenen?« erkundigte sich Ramon.

»Nichts.«

»Ja, aber . . .«

»Nichts aber. Ich bin überzeugt, daß bald jemand kommt und sie befreit. Bringt diesen Kerl hier wieder hinein und fesselt und knebelt ihn wie die anderen.«

Navarro blickte skeptisch drein. »Das ist ein ziemlich tiefer Schnitt. Er könnte verbluten.«

»Wie furchtbar traurig!«

5

Hamilton, Ramon und Navarro saßen im Fond eines Taxis und ließen sich einen der breiten Boulevards von Brasilia entlangfahren. »Diese Frau«, fragte Ramon, »diese Maria Schneider, kommt die mit uns?«
Hamilton sah ihn an und lächelte. »Sie kommt mit.«
»Es wird aber gefährlich werden.«
»Je gefährlicher, desto besser. Das hilft uns wenigstens, diese Spaßvögel unter Kontrolle zu halten.«
Navarro schwieg einen Augenblick nachdenklich; dann sagte er: »Mein Bruder und ich hassen gewiß alles, was diese Leute verkörpern. Aber Sie, Señor Hamilton, Sie hassen so erschreckend unerbittlich.«
»Ich habe allen Grund dazu. Aber ihr irrt euch. Ich hasse die Kerle nicht.«
Ramon und Navarro sahen einander verständnislos an; dann nickten sie, als hätten sie begriffen.

Ein Rolls-Royce und ein Cadillac waren aus Smiths Garage mit den sechs Stellplätzen herausgefahren worden, um Platz zu schaffen für die Expeditionsausrüstung, die Smith, jedenfalls im Moment, für wichtiger hielt als die beiden Wagen. Gefolgt von seinen acht Begleitern der geplanten Expedition, inspizierte Hamilton scheinbar beiläufig diese umfangreiche Ansammlung modernster und kostspieligster Ausrüstungsgegenstände, die das Überleben in den Regenwäldern des Amazonas erleichtern sollten. Er ließ sich Zeit dabei, so viel Zeit, daß der eine oder andere seiner Zuschauer unruhig wurde oder zumindest begann, sich unbehaglich zu fühlen. Smith gehörte freilich nicht zu denen, die sich ihre Gefühle anmerken ließen. Nur ein leichtes Zusammenpressen der Lippen verriet seine wachsende Ungeduld. Es ist eine Art Naturgesetz, daß Tycoons es nicht schätzen, wenn man sie warten läßt. Und Smith gab denn auch bald ein Warnsignal dafür, daß sein Geduldsfaden zu reißen drohte.

»Nun, Hamilton? Was ist?« grollte er.

»Hm. So reist also ein Multimillionär – o Verzeihung, Milliardär in die Wildnis. Fabelhaft. Wirklich hervorragend.«

Smith war sichtlich geschmeichelt.

»Allerdings etwas stört mich.«

»Ach, wirklich?« Man mußte wahrhaftig steinreich sein, um seine Brauen mit dieser Arroganz heben zu können – oder es zu dürfen. »Und was wäre das?«

»Es fehlt nichts, beruhigen Sie sich. Im Gegenteil, ein paar Dinge sind überflüssig. Für wen sind diese Gewehre und Pistolen gedacht?«

»Für uns.«

»Kommt nicht in Frage. Waffen tragen nur Ramon, Navarro und ich. Sie nicht. Keiner von Ihnen.«
»Doch.«
»Dann ziehe ich mein Angebot zurück.«
»Warum?«
»Sie sind im Regenwald hilflos wie die Kinder. Und für Kinder gibt es keine Schießgewehre.«
»Aber Hiller und Serrano . . .«
»Zugegeben, sie sind erfahrener als Sie. Aber das will nicht viel heißen. Im Mato Grosso könnten sie als Halbwüchsige firmieren, mehr nicht. Vergessen Sie alles, was die Ihnen weisgemacht haben.«
Smith hob die Schultern, betrachtete das recht ansehnliche Waffenarsenal, das er zusammengetragen hatte, und sah dann wieder Hamilton an. »Selbstverteidigung . . .«
»Wir werden Sie verteidigen. Mich beunruhigt die Vorstellung, daß Sie alle rumlaufen und auf harmlose Tiere und unschuldige Indios schießen. Und noch weniger gefällt mir die Aussicht, eine Kugel in den Rücken zu bekommen, wenn ich Ihnen gezeigt habe, wo die Verlorene Stadt liegt.«
Heffner trat vor. Er zweifelte offensichtlich nicht im geringsten daran, daß diese Andeutung ihm gegolten hatte. Er ballte die Fäuste, und sein Gesicht war dunkel vor Zorn. »Hören Sie, Hamilton . . .«
»Lieber nicht.«
»Schluß jetzt!« Smiths Stimme war kalt und schneidend, doch die Bitterkeit, die mitschwang, ließ kei-

nen Zweifel daran, daß er sich an Hamilton wandte. »Sie haben, wenn ich so sagen darf, ein bemerkenswertes Talent dafür, sich Freunde zu machen.«

»Komischerweise ja. Allein in dieser Stadt habe ich eine ganze Menge. Bevor ich jedoch einen Mann zu meinem Freund mache, muß ich mich vergewissern, daß er nicht mein Feind oder mein potentieller Feind ist. In dieser Hinsicht bin ich sehr empfindlich. Und empfindlich ist mein Rücken auch, jedenfalls dagegen, daß jemand unvermutet ein Messer hineinstößt. Ich muß es wissen, ich habe das nämlich schon zweimal erlebt. Vermutlich hätte ich Sie alle nach Schnappmessern oder ähnlichem Spielzeug durchsuchen lassen sollen, aber die Mühe kann ich mir in Ihrem Fall wohl sparen. Harmlose Tiere und unschuldige Indios sind jedenfalls vor bösen Absichten Ihrerseits einigermaßen sicher. Jedenfalls kann ich mir nicht vorstellen, daß einer von Ihnen, nur mit dem Messer in der bloßen Hand, es mit einem bewaffneten Indio oder einem Jaguar aufnehmen würde.« Mit der Rechten machte er eine verächtliche Geste. Unvermittelt wich das Blut aus Smiths verkniffenen Lippen. Hamilton ahnte, daß Smith durchaus der Gefährlichste von allen sein mochte.

Abermals machte Hamilton eine Handbewegung. Diesmal deutete er auf den großen Haufen von Ausrüstungsgegenständen auf dem Boden der Garage. »Wie ist das Zeug hier eingetroffen – in welcher Verpackung, meine ich?«

»In Kisten. Sollen wir alles wieder in die Kisten verstauen?«

»Nein. Viel zu unhandlich an Bord eines Hubschraubers oder eines Hovercraft. Ich denke . . .«

»Wasserdichte Segeltuchsäcke.« Smith lächelte über den Anflug von Erstaunen auf Hamiltons Gesicht. »Wir hatten uns schon gedacht, daß Sie etwas Derartiges verlangen würden.« Er deutete auf zwei große Pappkartons. »Wir haben sie gleichzeitig mit der Ausrüstung gekauft. Wissen Sie, Hamilton, wir sind nicht ganz so dumm, wie wir aussehen.«

»Gut. Ihre Maschine, eine DC-6, wie ich höre, ist startbereit?«

»Überflüssige Frage.«

»Dachte ich mir. Wo sind Hovercraft und Helikopter?«

»Fast in Cuiabá.«

»Dann wollen wir ihnen mal folgen.«

Die DC-6 parkte am Ende der Rollbahn von Smiths Privatflugplatz; sie war zwar nicht mehr brandneu, doch wenn man den blitzblank gewienerten Flugzeugrumpf zum Maßstab nahm, mußte man ihren Zustand auf jeden Fall als erstklassig einstufen. Hamilton, Ramon und Navarro, unterstützt von dem überraschend hilfsbereiten Serrano, dirigierten das Verladen der Fracht. Es war eine eingehende, strenge und gewissenhafte Überwachung. Jeder Segeltuchsack wurde geöffnet, ausgeleert, der Inhalt geprüft, wieder eingepackt und der Sack dann wasserdicht versiegelt. Es war eine langwierige, zeitraubende Prozedur, und Smiths Geduld erschöpfte sich rasch.

»Sie gehen wohl kein Risiko ein, wie?« bemerkte er säuerlich.

Hamilton warf ihm einen kurzen Blick zu. »Und wie haben Sie Ihre Millionen gemacht?«

Smith machte kehrt und kletterte an Bord der Maschine.

Eine halbe Stunde nach dem Abflug von Brasilia schliefen alle Passagiere, mit Ausnahme von Hamilton. Zumindest versuchten sie es. Niemand, so schien es, war entspannt genug, um zu lesen, und der Lärm der alten Triebwerke war so groß, daß kein Gespräch zustande kam. Hamiltons Blick schweifte instinktiv über die Runde und fixierte sich dann auf Heffner. Der hing in seinem Sitz und schien, nach seinem halbgeöffneten Mund und den tiefen Atemzügen zu urteilen, fest zu schlafen. Seine offene weiße Drillichjacke war verrutscht, so daß unter seiner linken Achsel ein weißer Filzbehälter sichtbar wurde, in dem eine Taschenflasche aus Aluminium steckte. Das kümmerte Hamilton nicht weiter, denn er hatte von diesem Mann nichts anderes erwartet. Was ihn jedoch beunruhigte, war ein blauer Achselholster auf der anderen Seite von Heffners Jackett, aus dem eine kleine Pistole mit Perlmuttgriff hervorlugte.

Hamilton stand auf und ging ans hintere Ende der Kabine, wo Ausrüstung, Proviant und persönliches Gepäck verstaut waren. Es war ein ansehnlicher Haufen, doch Hamilton brauchte nicht lange zu wühlen, um zu finden, was er suchte. Beim Beladen hatte er sich genau gemerkt, wo jedes einzelne Teil verstaut wurde. Er ergriff seinen Rucksack, öffnete ihn, sah sich beiläufig um, um sich zu vergewissern, daß niemand ihn beobachtete, holte eine Pistole heraus und schob sie in die Innentasche seiner Buschjakke. Dann legte er den Rucksack zurück und ging wieder auf seinen Platz.

Der Flug nach Cuiabá war glatt und ruhig verlaufen. Auch bei der Landung gab es keine Komplikationen. Die Passagiere stiegen aus und sahen sich erstaunt um. Ihre Verwunderung war begreiflich, denn zwischen Cuiabá und Brasilia lagen Welten.

Maria musterte die Umgebung ungläubig. »*Das* ist also der Dschungel?« fragte sie. »Faszinierend.«

»Das ist die Zivilisation«, berichtigte Hamilton und zeigte nach Osten. »Der Dschungel liegt da drüben. Und da werden wir sehr bald sein. Wenn wir erst dort sind, würden Sie vielleicht Ihre Seele verkaufen, um wieder hierher zurück zu können.« Abrupt fuhr er Heffner an: »Wo wollen Sie hin?«

Heffner stapfte auf das Flughafengebäude zu. Jetzt blieb er stehen, drehte sich um und musterte Hamilton mit einem langen, unverschämten Blick.

»Meinen Sie mich?«
»Ich sehe Sie an, und ich schiele nicht. Wo wollen Sie hin?«
»Hören Sie, es geht Sie zwar überhaupt nichts an, aber ich bin auf der Suche nach einer Bar. Ich habe Durst. Was dagegen?«
»'ne ganze Menge. Wir haben alle Durst. Aber es gibt noch viel Arbeit. Ich will, daß die gesamte Ausrüstung sowie Lebensmittel und Gepäck in die DC-3 da drüben umgeladen werden, und zwar sofort. In zwei Stunden ist es zu dunkel dafür.«
Heffner funkelte ihn wütend an, dann blickte er fragend zu Smith, der unmerklich den Kopf schüttelte. Widerstrebend kehrte Heffner um. Mit wutverzerrtem Gesicht kam er auf Hamilton zu. »Das nächstemal bin ich auf Ihren Angriff gefaßt, also lassen Sie sich vom letztenmal nicht irreführen!«
Fast angeödet sagte Hamilton zu Smith: »Er ist Ihr Angestellter. Noch ein Zwischenfall oder eine solche Drohung, und er sitzt in der DC-6 und fliegt zurück nach Brasilia. Sollten Sie etwas dagegen haben, dann fliege ich zurück. Sie haben die Wahl.«
Geringschätzig schob er Heffner beiseite. Der starrte ihm mit geballten Fäusten nach. Smith ergriff Heffner am Arm und führte ihn beiseite. Er hatte offensichtlich Mühe, seinen Zorn zu unterdrücken. Leise sagte er: »Verdammt noch mal, Hamilton hat recht! Wollen Sie alles verderben? Es gibt eine Zeit und einen Ort für Auseinandersetzungen, aber hier ist

weder der Ort, noch haben wir die Zeit. Vergessen Sie nicht, daß wir auf Hamilton angewiesen sind. Kapiert?«

»Tut mir leid, Boß. Aber dieser verdammte Scheißkerl ist so unerträglich arrogant. Hochmut kommt vor dem Fall, sagt man. Meine Chance kriege ich noch, und wenn der fällt, dann wird es ein tiefer Fall!«

Smith schlug einen versöhnlicheren Ton an. »Ich glaube, Sie haben immer noch nicht verstanden. Hamilton hält Sie für einen potentiellen Unruhestifter. Und das sind Sie ja auch tatsächlich. Er aber ist ein Mann, der jeden Anlaß für Schwierigkeiten erbarmungslos aus dem Weg räumt. Mann Gottes, begreifen Sie denn nicht? Er versucht Sie zu provozieren, damit er einen Grund oder wenigstens einen Vorwand hat, um Sie loszuwerden.«

»Und wie will er das anfangen?«

»Indem er Sie nach Brasilia zurückschickt.«

»Und wenn das nicht klappt?«

»Darüber wollen wir nicht mal nachdenken.«

»Ich kann auf mich selbst aufpassen, Mr. Smith.«

»Auf sich selbst aufpassen, das ist eine Sache. Auf Hamilton aufzupassen, das ist unser Problem.«

Sie sahen zu – einige von ihnen besorgt –, wie ein riesiger Helikopter, ausgestattet mit zwei Rotoren und dicken Kabeln an vier Transportierringen, sich schwerfällig vom Boden löste und ein kleines Luftkissenboot mitnahm. Als sie eine Höhe von ungefähr fünfhundert Fuß erreicht hatten, bewegte das ungleiche Gespann sich langsam ostwärts.

Smith meinte zweifelnd: »Die Berge da kommen mir reichlich hoch vor. Ob der das schafft?«

»Darauf sollten Sie hoffen. Schließlich sind es Ihre Maschinen.« Hamilton schüttelte den Kopf. »Glauben Sie, der Pilot würde starten, wenn er nicht genau wüßte, welche Chance er hat? Nur dreitausend Fuß. Überhaupt keine Schwierigkeit.«

»Wie weit?«

»Das Quellgebiet des Rio da Morte ist höchstens hundert Meilen entfernt. Bis zum Landeplatz sind's vielleicht achtzig. In einer halben Stunde starten wir mit der DC-3. Wir werden noch vor ihnen dort sein.«

Hamilton ging zum Flußufer, setzte sich und warf gedankenverloren Steine ins trübe Wasser. Einige Minuten später kam Maria und blieb zögernd neben ihm stehen. Hamilton blickte auf, lächelte flüchtig und wandte den Blick gleichgültig wieder ab.

»Kann man sich hier ungefährdet niederlassen?«

»Hat Ihr Freund Sie von der Leine gelassen?«

»Er ist nicht mein Freund.« Sie sagte es mit solchem Nachdruck, daß Hamilton sie fragend ansah.

»Da hätten Sie mich aber fast getäuscht. Fehldeutungen, wie leicht man denen doch zum Opfer fällt. Sie sind wohl gekommen oder geschickt worden, um mir vorsichtig ein paar gewiefte Fragen zu stellen.«

»Müssen Sie jeden beleidigen?« fragte sie ruhig zurück. »Alle Menschen verletzen? Sich jeden zum Gegner machen? Alle provozieren? In Brasilia haben Sie behauptet, Freunde zu haben. Es ist wahrhaftig schwer zu begreifen, wie Sie das geschafft haben.«
Hamilton musterte sie ziemlich verdutzt; dann lächelte er. »Wer beleidigt denn jetzt wen?«
»Zwischen absichtlicher Kränkung und der schlichten Wahrheit besteht ein beträchtlicher Unterschied. Verzeihen Sie, daß ich Sie gestört habe.« Sie wandte sich zum Gehen.
»Ach was! Kommen Sie, setzen Sie sich. Kindisch! Vielleicht darf ich ein paar vorsichtige Fragen stellen, während Sie sich dazu gratulieren, einen verwundbaren Punkt in Hamiltons Rüstung gefunden zu haben? Ich hoffe, Sie werden das nicht auch als Beleidigung auffassen. Nun setzen Sie sich schon!«
Sie sah ihn zweifelnd an. »Ich habe Sie gefragt, ob man sich hier gefahrlos hinsetzen kann.«
»Es ist verdammt weniger gefährlich, als in Brasilia über die Straße zu gehen.«
Sie setzte sich vorsichtig einen halben Meter von ihm entfernt auf einen Felsbrocken. »Vielleicht kommt irgendwas gekrochen.«
»Sie haben die falschen Bücher gelesen oder sich mit den falschen Leuten unterhalten. Wer oder was sollte hier denn gekrochen kommen? Indios? Hier gibt es im Umkreis von zweihundert Meilen keinen feindlichen Indio. Alligatoren, Jaguare, Schlangen – die

wollen eher Ihnen aus dem Weg gehen als umgekehrt. In diesem Wald gibt es nur zwei gefährliche Tiere: den *quiexada,* den wilden Keiler, und die *carangageiros.* Die greifen blindwütig an.«
»Die caran . . . Was?«
»Riesenspinnen. Scheußliche, behaarte Viecher, so groß wie Suppenteller. Die springen. Schaffen einen Meter pro Sprung, und aus ist's mit dem armen Opfer.«
»Gräßlich!«
»Kein Problem. Wo wir sitzen, gibt's keine. Außerdem hätten Sie ja nicht mitzukommen brauchen.«
»Jetzt geht's schon wieder los.« Maria schüttelte den Kopf. »Sie mögen uns wirklich nicht sehr, wie?«
»Man muß auch manchmal allein sein können.«
»Immer diese Ausreden.« Abermals schüttelte sie den Kopf. »Sie sind ständig allein. Verheiratet?«
»Nein.«
»Aber Sie waren verheiratet.« Das war keine Frage, sondern eine Feststellung.
Hamilton musterte sie. Sein Blick senkte sich in die auffallenden, braunen Augen, die ihn so schmerzhaft an jenes andere Augenpaar erinnerten, das er nie würde vergessen können. »Merkt man das?«
»Ich merke das.«
»Also, ja.«
»Geschieden?«
»Nein.«
»Nein? Sie meinen . . .«

»Ja.«

»O Gott! Ach, das tut mir leid. Wie ... wie ist sie denn gestorben?«

»Kommen Sie. Unsere Maschine startet gleich.«

»Bitte! Was ist passiert?«

»Sie wurde ermordet.« Hamilton starrte auf den Fluß hinaus und fragte sich, was ihn veranlaßt hatte, einer völlig Fremden das anzuvertrauen. Ramon und Navarro wußten davon, aber sie waren die einzigen, denen er es bisher erzählt hatte. Ungefähr eine Minute verging, ehe er den leichten Druck ihrer Fingerspitzen auf seinem Unterarm fühlte. Hamilton wandte sich zu ihr um und sah, daß sie ihn gar nicht wahrnahm. Die großen, braunen Augen schwammen in Tränen. Seine erste Reaktion war verständnisloses Staunen. Dieser Gefühlsausbruch paßte so gar nicht zu dem Bild, das er sich von ihr gemacht hatte. Oder hatte nur Smiths geschickte Manipulation in ihm jenes Bild der welterfahrenen, selbstsicheren, kühl berechnenden und illusionslosen Frau geweckt? Behutsam strich Hamilton über ihre Hand, doch sie schien es nicht einmal zu bemerken. Etwa eine halbe Minute verstrich, bis sie ihm die Hand entzog und mit entschuldigendem Lächeln sagte: »Verzeihen Sie. Was müssen Sie von mir denken!«

»Ich denke, daß ich Sie vielleicht falsch beurteilt habe. Und außerdem habe ich den Eindruck, daß Sie irgendwann in ihrem Leben einmal sehr gelitten haben müssen.«

Darauf wußte sie nichts zu entgegnen. Sie fuhr sich noch ein letztes Mal über die Augen, erhob sich schwerfällig und ging langsam davon.

»Ramponiert« lautet das Adjektiv, das unweigerlich auftaucht, wenn es gilt, eines der letzten Modelle der vorsintflutlichen DC-3 zu beschreiben, und diese hier bildete keine Ausnahme. Sie war Inbegriff und Musterbeispiel einer solchen Maschine. Der ehemals silberglänzende Rumpf existierte nur noch als liebe, ferne Erinnerung, das verbeulte und verkratzte Metall schien großenteils nur noch vom Rost zusammengehalten zu werden, und die Motoren erwiesen sich, sobald man startete, als adäquate Ergänzung der übrigen Maschine. Sie husteten, stotterten und vibrierten so stark, daß man sich fragte, warum sie sich nicht aus ihren Halterungen lösten. Aber das Flugzeug wurde seinem Ruf, zu den zähesten und widerstandsfähigsten aller je gebauten Maschinen zu gehören, dennoch gerecht. Mit scheinbar unendlicher Anstrengung löste es sich vom Boden.
An Bord befanden sich elf Personen. Hamiltons Gruppe saß in der Kabine, in der Kanzel hockten Pilot und Copilot. Heffner labte sich an einer Flasche Scotch. Die verborgene Aluminiumflasche diente vermutlich als eiserne Ration. Er wandte sich zu Hamilton um, der auf der anderen Seite des Mittelgangs saß, und sagte, nein schrie, um den ohrenbetäubenden Lärm der uralten Motoren zu übertönen.

»Würde Sie wohl nicht umbringen, wenn Sie uns in Ihre Pläne einweihten – oder, Hamilton?«

»Nein, das würde mich nicht umbringen. Aber was soll's? Was hätten Sie davon?«

»Reine Neugier.«

»Kein Geheimnis. Wir landen ungefähr zur gleichen Zeit wie der Hubschrauber mit dem Luftkissenboot auf dem Flugplatz von Romono. Der Hubschrauber wird aufgetankt – sogar diese großen Vögel haben nämlich nur ein begrenztes Fassungsvermögen –, bringt das Luftkissenboot flußabwärts, setzt es an einer verabredeten Stelle ab, kommt zurück und fliegt mit uns am nächsten Morgen hinterher.«

Smith, auf dem Platz neben Hamilton, hatte zugehört; jetzt legte er die Hand an Hamiltons Ohr und fragte: »Wie weit flußabwärts, und warum?«

»So etwa sechzig Meilen, würde ich sagen. Ungefähr fünfzig Meilen hinter Romono gibt es Wasserfälle, die nicht mal ein Hovercraft überwinden kann. Der Hubschrauber ist die einzige Möglichkeit, an ihnen vorbeizukommen.«

»Haben Sie eine Karte?« wollte Heffner wissen.

»Zufällig ja. Nicht, daß ich eine brauche. Warum fragen Sie?«

»Falls Ihnen etwas zustoßen sollte, wäre es doch schön, wenn wir wüßten, wo wir uns befinden.«

»Beten Sie lieber, daß mir nichts zustößt. Ohne mich ist es aus mit Ihnen.«

Smith brüllte Hamilton ins Ohr: »Müssen Sie ihn

dauernd ärgern? Müssen Sie so arrogant sein? Müssen Sie ihn provozieren?«
Hamilton starrte ihn mit kalter Miene an. »Ich muß nicht. Aber es macht mir Spaß.«

Der Flugplatz von Romono und auch die Stadt sahen genauso aus wie immer: ein einziger morastiger Graus. Die DC-3 und der Hubschrauber mit dem Luftkissenboot trafen im Abstand von wenigen Minuten auf dem Flughafen ein. Der Rotor des Hubschraubers stand kaum still, da fuhr auch schon ein kleiner Tankwagen vor.
Die Passagiere verließen die DC-3 und blickten sich suchend um. Ihre Mienen drückten ungläubiges, entsetztes Staunen aus.
Smith begnügte sich damit, nichts weiter zu sagen als: »Großer Gott!«
»Unmöglich!« rief Heffner. »Was für ein stinkendes, elendes Loch! Verdammt noch mal, Hamilton, haben Sie denn nichts Besseres für uns gefunden?«
»Wieso beschweren Sie sich?« Hamilton deutete auf den Wellblechschuppen, der Ankunfts- und Abflughalle zugleich darstellte. »Sehen Sie nicht das Schild da drüben? Romono International Airport. Gibt es etwas Beruhigenderes? Morgen um diese Zeit, meine Herren, werden Sie an Romono wahrscheinlich wie an ein gemütliches Zuhause zurückdenken. Genießen Sie es. Betrachten Sie es als den letzten Vorposten der Zivilisation. Nehmen Sie mit, was Sie für diese

Nacht brauchen. Wir haben hier ein hervorragendes Hotel, das Hotel de Paris. Diejenigen, denen es nicht gefällt – nun, ich bin sicher, daß Hiller sie irgendwo unterbringen kann.« Er hielt inne. »Oder nein, ich glaube, ich habe eine bessere Verwendung für Hiller.«

»Was denn?« fragte Smith.

»Natürlich nur mit Ihrer Erlaubnis. Sie wissen vermutlich, daß mit dem Luftkissenboot unsere ganze Expedition steht und fällt.«

»Ich bin ja nicht dumm.«

»Das Luftkissenboot wird heute nacht in gefährlichem Wasser ankern. Damit meine ich, daß die Eingeborenen zu beiden Seiten des Rio da Morte unberechenbar, manche sogar feindselig sind. Also muß es bewacht werden. Ich finde, das dürfte keine Aufgabe für einen einzelnen Mann wie Kellner, den Piloten, sein. Denn selbst wenn der Mann die ganze Nacht wach bleiben könnte, hätte er noch einen überaus schwierigen Stand. Also brauchen wir eine zweite Wache. Ich schlage Sie vor, Hiller. Können Sie mit einer Maschinenpistole umgehen?«

»Ich finde mich schon zurecht.«

»Gut.« Er wandte sich wieder an Smith. »Vor dem Flughafengebäude wartet ein Bus.« Er stieg wieder in die Maschine und kam zwei Minuten später mit zwei Maschinenpistolen und Munition zurück. Hiller war inzwischen allein. »Kommen Sie, wir gehen zum Luftkissenboot.«

Kellner, der Kapitän des Hovercraft, stand neben seiner Maschine. Er war ein junger Mann mit sonnengebräuntem hartem Gesicht.

»Wenn Sie heute nacht ankern«, ermahnte ihn Hamilton, »vergessen Sie nicht, möglichst in der Mitte des Stromes zu bleiben.«

»Gibt es einen Grund dafür?« Kellners Akzent verriet ihn als Iren.

»Wenn Sie am Ufer ankern, riskieren Sie, mit durchschnittener Kehle aufzuwachen.« Er grinste doppeldeutig.

»Oh, wie unangenehm.« Kellner schien nicht besonders beunruhigt zu sein. »Also Strommitte.«

»Und selbst dort sind Sie nicht unbedingt sicher. Deswegen wird Hiller Sie begleiten. Wer sich vor Angriffen von zwei Seiten schützen will, muß zu zweit sein. Und außerdem werden Ihnen diese beiden hübschen israelischen Maschinenpistolen zur Seite stehen.«

»Aha.« Kellner überlegte. »Ich bin aber gar nicht so sicher, daß es mir Spaß macht, hilflose Indios totzuschießen.«

»Wenn diese hilflosen Indios Ihnen ein paar Dutzend Speere und Pfeile in den Rücken jagen, allesamt mit tödlichem Gift bewehrt, dann denken Sie vielleicht anders darüber.«

»Tu's jetzt schon.«

»Können Sie mit Schußwaffen umgehen?«

»Ich war bei der S.A.S. Falls Ihnen das was sagt.«

»Sagt mir 'ne ganze Menge.« Die S.A.S. war Großbritanniens Elite-Kommandotruppe. »Dann brauche ich Ihnen dieses hübsche Spielzeug ja nicht zu erklären, oder?«

»Nicht nötig.«

»Heute ist, scheint's, mein Glückstag«, meinte Hamilton. »Na, dann bis morgen.«

Im Saloon des Hotel de Paris befanden sich nach der Sperrstunde noch sechs Personen. Heffner hing mit einem Glas in der Hand in einem Sessel und stierte vor sich hin. Hamilton, Ramon, Navarro, Serrano und Tracy lagen scheinbar schlafend auf Bänken oder auf dem Fußboden. Zimmer waren in dieser Nacht knapp im Hotel de Paris. Doch da die Räume allesamt fürchterlich verwanzt waren, wie Hamilton erklärte, versäumte man nicht eben viel.

Heffner regte sich, bückte sich und zog seine Stiefel aus. Er stand auf, ging geräuschlos zur Bar hinüber, stellte sein Glas auf die Theke und näherte sich dann lautlos einem der Rucksäcke. Natürlich war das Hamiltons. Heffner öffnete ihn, suchte kurz, zog eine Landkarte heraus und studierte sie minutenlang eingehend, bevor er sie in den Rucksack zurücksteckte. Dann ging er wieder an die Bar und schenkte sich einen reichlich bemessenen Scotch ein. Wo immer diese edle Sorte gebraut wurde, aus Schottland kam sie jedenfalls bestimmt nicht. Heffner kehrte zu seinem Platz zurück, zog sich die Stiefel wieder an, lehnte sich bequem zurück, um seinen Schlummertrunk gebührend zu genießen, verschluckte sich und verschüttete die Hälfte seines Drinks.

Hamilton, Ramon und Navarro hatten den Kopf in die Hand gestützt und beobachteten ihn ruhig und abwartend.

»Na, haben Sie gefunden, was Sie suchten?« erkundigte sich Hamilton.

Heffner gab keine Antwort.

»Für den Rest der Nacht wird einer von uns dreien Sie abwechselnd im Auge behalten. Rühren Sie sich noch einmal aus diesem Sessel, und ich werde Sie mit dem größten Vergnügen zusammenschlagen. Ich mag nämlich Leute nicht, die meine Privatsachen durchwühlen.«

6

Kurz nach Tagesanbruch saß John Silver, der Hubschrauberpilot, der auf den Spitznamen Long John hörte, schon am Steuerknüppel. Die neun Passagiere stiegen ein und verstauten ihr Handgepäck bei den Lebensmitteln und Ausrüstungsgegenständen, die von der DC-3 umgeladen worden waren. Hamilton nahm auf dem Kopilotensitz Platz. Die Kabine des Hubschraubers war so geräumig, daß sie auch mit Passagieren und Gepäck noch beinahe leer wirkte. Mühelos hob die Maschine sich in die Luft und nahm Kurs Richtung Osten, am Lauf des Rio da Morte entlang. Alle Insassen reckten den Hals und spähten neugierig zu den Fenstern hinaus. Zum erstenmal erblickten sie den Regenwald des Amazonas.

Hamilton drehte sich um und deutete nach vorn. »Was für ein interessanter Anblick!« Seine Stimme dröhnte.

Auf einem riesigen Schlammfeld, das sich über ungefähr eine Meile am linken Ufer des Flusses ausdehnte, lagen Hunderte von Alligatoren regungslos, als ob sie schliefen.

»Großer Gott!« Das war Smith. »Großer Gott! Kann es denn so viele Alligatoren auf der Welt geben?« Dann rief er Silver zu: »Runter, Mann, runter!« Und zu Heffner: »Holen Sie Ihre Kamera! Schnell!« Er hielt inne, als sei ihm plötzlich etwas eingefallen, und wandte sich an Hamilton. »Oder hätte ich den Expeditionsleiter um Erlaubnis bitten sollen?«

Hamilton zuckte die Achseln. »Was sind schon fünf Minuten?«

Der Hubschrauber senkte sich in weiten, wohlberechneten Kreisen auf den Fluß nieder. Long John war ein erstklassiger Pilot.

Die Alligatoren bedeckten das offene Land zwischen Wald und Fluß, so weit das Auge reichte. Für Hamiltons Gruppe war es, je nach Gemütslage, ein faszinierender, erschreckender oder entsetzlicher Anblick.

Beinahe ehrfürchtig sagte Tracy: »Ehrlich, da unten möchte ich keine Bruchlandung machen.«

Hamilton sah ihn an. »Glauben Sie mir, die sind noch die kleinste Gefahr da unten.«

»Die kleinste?«

»Wir sind im Herzen des Chapate-Landes.«

»Sollte ich wissen, was das heißt?«

»Schlechtes Gedächtnis, was? Ich habe schon mal davon gesprochen. Was die Gefahr bedeutet, die von den Chapates ausgeht, würden Sie spüren, wenn Sie in ihren Kochtöpfen landeten.«

Smith musterte ihn zweifelnd, wußte offenbar nicht, ob er ihm glauben sollte, und wandte sich dann an den Piloten.

»Tief genug, Silver.« Er drehte sich auf seinem Sitz um und schrie aus vollem Hals: »Verdammt noch mal, Mann – beeilen Sie sich!«

»Moment, Moment!« schrie Heffner zurück. »Hier beim Gepäck herrscht das reinste Chaos.«

In Wahrheit gab es durchaus kein Durcheinander. Seine eigene Kamera hatte Heffner bereits gefunden; sie lag zu seinen Füßen. In Hamiltons Rucksack dagegen hatte er etwas entdeckt, das er am Abend zuvor übersehen hatte. Jetzt hielt er die lederne Kameratasche in der Hand, in der Colonel Diaz Hamilton das Funkgerät überreicht hatte. Er nahm die Kamera heraus, betrachtete sie erstaunt und drückte dann auf einen Knopf an der Seite. Eine Klappe in gut geölten Scharnieren fiel lautlos herab. Heffners Miene verriet Überraschung, hellte sich aber dann in plötzlicher Erleichterung auf. Das Innere des Apparates bestand aus einem fabelhaft konstruierten Transistor-Funkgerät. Und es trug eine Aufschrift in portugiesischer Sprache. Heffner las und begriff. Das Funkgerät war Eigentum des brasilianischen Verteidigungsministeriums, und somit mußte Hamilton ein Agent der Regierung sein. Er schloß die Klappe wieder.

»Heffner!« Smith hatte sich abermals umgedreht. »Heffner, wenn Sie . . . Heffner!«

Heffner näherte sich, das Funkgerät in der einen, seinen perlmuttbesetzten Revolver in der anderen Hand. Sein Gesicht war eine einzige grinsende Maske rachsüchtigen Triumphes. »Hamilton!« rief er laut.

Hamilton fuhr herum, sah das boshaft feixende Gesicht, erkannte seine Kamera in Heffners Linken, erblickte die perlmuttbesetzte Pistole in seiner Rechten und warf sich blitzschnell im Mittelgang zu Boden. Noch in der Bewegung zog er seine eigene Pistole aus der Jacke. Dennoch wäre es Heffner, trotz Hamiltons Reaktionsschnelligkeit, normalerweise ein leichtes gewesen, ihn zu erledigen. Denn er hatte freie Schußbahn, sein Opfer war nur wenige Fuß von ihm entfernt und überdies für einen Moment wehrlos. Doch Heffner hatte im Hotel de Paris eine lange Nacht in Gesellschaft der Whiskyflasche verbracht. Infolgedessen zitterte seine Hand bedenklich, sein Reaktionsvermögen war beeinträchtigt, und um seine Koordinationsfähigkeit stand es noch schlechter. Mit wutverzerrtem Gesicht drückte Heffner zweimal ab. Dem ersten Schuß folgte ein Schmerzensschrei aus der Kanzel. Beim zweiten machte der Hubschrauber plötzlich einen Satz. Dann feuerte Hamilton ein einziges Mal, und mitten auf Heffners Stirn erblühte eine rote Rose.

Mit drei schnellen Schritten durchmaß Hamilton den Mittelgang und war bei Heffner, bevor einer der anderen sich auch nur geregt hatte. Er beugte sich über den Toten, nahm ihm die Kameratasche aus der Hand, vergewisserte sich, daß sie geschlossen war, und richtete sich wieder auf. Gleich darauf trat Smith neben ihn. Er wirkte zutiefst erschüttert und starrte entsetzt auf Heffner hinab.

»Mitten zwischen die Augen, mitten zwischen die Augen.« Smith schüttelte fassungslos den Kopf. »Mitten zwischen die Augen. Herrgott, Mann, warum mußte das sein?«

»Aus drei Gründen«, antwortete Hamilton. Falls er erregt war, verstand er es meisterhaft, seine Emotionen zu verbergen. »Ich habe versucht, ihn in den Arm zu treffen, und ich bin ein guter Schütze, vor allem auf eine so kurze Entfernung; aber der Hubschrauber machte einen Satz. Er hat zweimal versucht, mich abzuknallen, bevor ich zurückschoß. Und drittens hatte ich angeordnet, daß niemand von Ihnen eine Waffe trägt. In meinen Augen hat er schlicht Selbstmord begangen. Verdammt noch mal, warum mußte er auch auf mich schießen? War der Mann wahnsinnig?«

Smith blieb zum Glück keine Zeit mehr, sich näher mit Hamiltons Gründen zu befassen. Der Hubschrauber machte nämlich wieder einen Satz, der freilich viel heftiger war als die vorangegangenen. Die Maschine schien jetzt einem verwundeten Vogel gleich zu flattern und drohte in die Tiefe zu stürzen. Es war eine absolut scheußliche Vorstellung.

Hamilton lief, Halt suchend, wo immer es ging, nach

vorn. Silver, der stark aus einer Wunde an der Wange blutete, bemühte sich verzweifelt, den ausbrechenden Hubschrauber wieder unter Kontrolle zu bekommen.

»Schnell!« sagte Hamilton. »Kann ich Ihnen helfen?«

»Helfen? Ich kann mir ja nicht mal selber helfen.«

»Was ist passiert?«

»Die erste Kugel hat mein Gesicht erwischt. Nicht weiter schlimm. Streifschuß. Aber der zweite Schuß scheint ein oder zwei Hydraulikleitungen durchschlagen zu haben. Genau kann ich's nicht sagen, aber ungefähr so muß es gewesen sein. Was ist denn da hinten passiert?«

»Heffner. Mußte ihn umlegen. Er wollte mich abknallen und hat statt dessen Sie und Ihre Instrumente getroffen.«

»Kein großer Verlust.« Angesichts der Situation war Silver erstaunlich gefaßt. »Heffner, meine ich. Nicht schade um ihn. Die Maschine hier, das ist natürlich 'ne böse Geschichte.«

Hamilton warf einen kurzen Blick nach hinten. Dort herrschten zwar Konfusion und Bestürzung, doch es schien keine Panik zu drohen. Maria, Serrano und Tracy saßen oder lagen, alle drei völlig benommen, im Mittelgang. Die anderen klammerten sich verzweifelt an ihre Sitzlehnen, während der Hubschrauber haltlos durch die Luft trudelte. Überall lagen Gepäckstücke, Proviant und Ausrüstungsgegenstände verstreut.

Hamilton wandte sich wieder nach vorn und preßte das Gesicht dicht an die Windschutzscheibe. Die pendelnden Bewegungen des Hubschraubers erweckten den Anschein, als schwinge das Gelände unten wie im Veitstanz hin und her. Der Fluß lag jedoch immer noch unter ihnen. Immerhin hatten sie inzwischen die Schlammbänke hinter sich gelassen, auf denen die Alligatoren regungslos lauerten. Plötzlich entdeckte Hamilton etwa eine halbe Meile vor ihnen mitten im Fluß eine ungefähr zweihundert Meter lange und etwa halb so breite Insel. Sie war bewaldet, aber der Baumbestand nicht besonders dicht. Hamilton wandte sich an Silver.

»Schwimmt das Ding hier?«

»Wie ein Stein.«

»Sehen Sie die Insel da vorn?«

Sie befanden sich jetzt weniger als zweihundert Fuß über dem schäumenden, braunen Wasser des Flusses. Die Insel lag nur noch ungefähr eine Viertelmeile entfernt.

»Ich sehe sie«, antwortete Silver. »Aber ich sehe auch die Bäume. Hören Sie, Hamilton, die Steuerung spricht nicht mehr an. Ich kriege den Vogel nie heil da runter.«

Hamilton musterte ihn kalt. »Kümmern Sie sich nicht um diese verdammte Mühle. Kriegen Sie *uns* heil da runter?«

Silver warf Hamilton einen kurzen Blick zu, zuckte die Achseln und schwieg.

Die Insel war nur noch zweihundert Meter entfernt. Als Landeplatz wirkte sie immer weniger geeignet. Außer dem Baumbestand erkannte man jetzt, bis auf eine winzige Lichtung, überall dichtes Gestrüpp und Unterholz. Selbst für ein Flugzeug in tadellosem Zustand wäre sie als Landeplatz indiskutabel gewesen. Ungeachtet der kritischen Lage unmittelbar vor ihm beobachtete Hamilton instinktiv auch das Umfeld. Unmittelbar der Insel gegenüber, in ungefähr fünfzig Meter Entfernung, lag ein großes Eingeborenendorf am Flußufer. Hamiltons Gesichtsausdruck legte beredtes Zeugnis davon ab, daß ihm der Anblick einer Siedlung in dieser Gegend ganz und gar nicht gefiel. Silvers Gesicht war nun blutverschmiert und von Schweißrinnsalen durchzogen. Es spiegelte Entschlossenheit und Verzweiflung zugleich. Doch die Entschlossenheit schien zu dominieren. Die Passagiere klammerten sich verkrampft und starr an das Erstbeste, was ihnen Halt bot. Stumm starrten sie geradeaus. Alle wußten, was ihnen drohte.

Pendelnd und schlingernd näherte sich der Hubschrauber auf unberechenbarem Kurs der Insel. Es gelang Silver nicht, die Maschine auf der Stelle in der Schwebe zu halten. Als sie auf die einzige, viel zu kleine Lichtung zuschaukelten, hatten sie immer noch eine viel zu hohe Geschwindigkeit. Ihre Flughöhe betrug inzwischen nicht mehr als zehn Fuß. Bäume und Unterholz näherten sich in rasendem Tempo.

»Ohne Brand?« fragte Silver.

»Ohne Brand.«

»Also ohne Zündung.« Silver schaltete.

Eine Sekunde darauf senkte der Hubschrauber abrupt die Nase, krachte ins Unterholz, rutschte ungefähr zwanzig Fuß weiter und kam mit einem heftigen Stoß am Stamm eines mächtigen Baumes zum Stehen.

Sekundenlang herrschte absolute Stille. Auch der Motorenlärm war verstummt. Der heftige Schock der Bruchlandung hielt alle für einen Moment in seinem Bann. Erst allmählich erwachte die Erleichterung, begriffen die Passagiere, daß sie die Gefahr überlebt hatten. Niemand schien verletzt zu sein.

Hamilton streckte die Hand aus und berührte Silvers Arm. »Ich wette, das bringen Sie nicht noch mal fertig.«

Silver betupfte seine verletzte Wange. »Ich würde nicht mal den Versuch dazu machen.« Falls er stolz auf seine glänzende Leistung war, so ließ er es sich nicht anmerken.

»Raus! Alles raus!« Smith brüllte es mit Stentorstimme. Er hatte noch nicht realisiert, daß man wieder in normaler Lautstärke miteinander sprechen konnte. »Wir können jeden Moment in die Luft fliegen.«

»Seien Sie nicht albern.« Hamiltons Stimme klang müde. »Die Zündung ist ausgeschaltet. Bleiben Sie sitzen.«

»Wenn ich aber raus will . . .«

»Dann ist das Ihr Bier. Kein Mensch wird Sie aufhalten. Wir werden dann Ihre Stiefel begraben.«
»Was, zum Teufel, soll das heißen?«
»Feierliche Beisetzung Ihrer sterblichen Überreste. Aber vielleicht bleiben nicht mal die Stiefel übrig.«
»Wenn Sie freundlicherweise . . .«
»Sehen Sie zum Fenster raus.«
Smith sah Hamilton an, erhob sich, reckte den Hals, um auf den Boden schauen zu können, und blickte angestrengt hinaus. Seine Augen weiteten sich, sein Mund öffnete sich, und er wechselte die Farbe. Nur wenige Fuß vom Hubschrauber entfernt lagen zwei riesige Alligatoren mit weit aufgerissenem Rachen und schwangen die kräftigen Schwänze bedrohlich von einer Seite zur anderen. Wortlos setzte Smith sich wieder hin.
»Ich habe Sie schon vor der Abreise gewarnt«, sagte Hamilton. »Der Mato Grosso ist kein Tummelplatz für Kinder. Auf solche warten nämlich unsere beiden Freunde da draußen. Und nicht nur diese beiden. Vermutlich sind noch andere in der Gegend, ich schätze, 'ne ganze Menge. Außerdem Schlangen, Taranteln und so weiter. Ganz zu schweigen von . . .« Er unterbrach sich und deutete nach Backbord. »Mir wäre es lieber, wenn ich's Ihnen ersparen könnte, aber sehen Sie mal da raus.«
Sie gehorchten alle. Unter den Bäumen am linken Flußufer standen eine Anzahl Hütten, insgesamt ungefähr zwanzig, mit einer auffallend großen Rund-

hütte in der Mitte. Rauchsäulen stiegen schimmernd in die Morgenluft. Vor dem Dorf lagen Kanus und eine Art Pinasse. Am Ufer stand eine Gruppe fast nackter Eingeborener, die sich gestikulierend unterhielten.

»Da haben wir aber wirklich Glück«, sagte Smith.

»Sie hätten in Brasilia bleiben sollen.« Hamilton wirkte ungewohnt bitter. »Glück, sagen Sie? Verteufeltes Pech, würde ich sagen. Wie's aussieht, machen sich die Häuptlinge bereits startklar.«

Nach einem ziemlich betretenen Schweigen fragte Maria beinahe flüsternd: »Die Chapate?«

»Allerdings. Und offensichtlich mit Olivenzweigen und Visitenkarten ausgerüstet.«

Tatsächlich war jeder der Eingeborenen bewaffnet. Sie hatten Speere, Pfeil und Bogen, Blasrohre und Macheten. Ihre Gesichter waren nicht deutlich zu erkennen, doch die drohenden Gesten, die sie zur Insel hinüber machten, waren beredt genug.

»Sie werden uns bald einen Besuch abstatten«, prophezeite Hamilton. »Und zwar nicht zum Tee. Maria, würden Sie nach Silvers Gesicht schauen?«

»Aber hier sind wir doch in Sicherheit«, meinte Tracy. »Und wir haben jede Menge Waffen. Die Wilden da drüben können mit ihrem primitiven Zeug doch nicht mal unsere Scheiben durchschlagen, geschweige denn den Rumpf beschädigen.«

»Gewiß. Ramon, Navarro, holt eure Gewehre und kommt mit.«

»Was haben Sie vor?« wollte Smith wissen.
»Sie abschrecken. Damit sie nicht rüberkommen. Eigentlich eine Schande. Die haben möglicherweise nicht mal 'ne Ahnung davon, was ein Gewehr überhaupt ist.«
»Was Tracy sagte, klang doch ganz vernünftig«, entgegnete Smith. »Hier sind wir sicher. Müssen Sie unbedingt den Helden spielen?«
Hamilton starrte ihn an, bis Smith voll Unbehagen den Blick abwandte. Dann sagte er: »Von Heldentum kann keine Rede sein, höchstens von Überlebenswillen. Ich möchte wissen, ob *Sie* halbwegs den Mut besitzen, um Ihr Leben zu kämpfen. Die Jungs da drüben sollten Sie denen überlassen, die wissen, wie die Chapate Krieg führen. Oder wollen Sie sich freiwillig als Opfer anbieten?«
»Was soll denn das heißen?« Smith gab sich Mühe, überlegen zu wirken, aber es wollte ihm nicht gelingen. Er fühlte sich zu sehr gedemütigt.
»Passen Sie auf. Wenn es den Indios gelingt, auch nur einen Fuß auf diese Insel zu setzen, werden sie als erstes das Unterholz in Brand stecken und Sie in diesem Metallsarg bei lebendigem Leib grillen.«
Das Schweigen, das dieser schonungslosen Eröffnung folgte, begleitete Hamilton, Ramon und Navarro auf ihrem gefahrvollen Weg aus dem Hubschrauber.
Ramon sprang als erster zu Boden und richtete sofort sein Gewehr auf den ihm am nächsten liegenden

Alligator, doch diese Vorsichtsmaßnahme erwies sich als überflüssig. Beide Reptilien machten kehrt und verschwanden im Unterholz.
»Sie geben uns Feuerschutz, Ramon«, befahl Hamilton. Ramon nickte. Hamilton und Navarro schlichen davon, nahmen hinter dem Heck des Hubschraubers Deckung und blickten vorsichtig zum Ufer hinüber.
Ein hochgewachsener, kraftvoll gebauter Indio – offenbar ein Häuptling – mit rotem Federkopfputz, einer Zahnkette um den Hals und reich mit Armbändern geschmückt, wenn auch ansonsten nur sehr wenig bekleidet, verteilte seine Krieger auf ein halbes Dutzend Kanus. Er selbst blieb am Ufer.
Navarro warf Hamilton einen Blick zu. Sein Widerstreben war unverkennbar. »Keine andere Wahl?« fragte er.
Mit unverhohlenem Bedauern schüttelte Hamilton den Kopf. Navarro hob das Gewehr, zielte und schoß in einem Atemzug. Die Detonation ließ die Indios am Ufer für einen Moment erstarren. Nur der Häuptling bewegte sich. Er schrie auf vor Schmerz und hielt sich den rechten Oberarm. Eine Sekunde später, die Krieger waren vor Schreck noch immer wie gelähmt, ertönte ein zweiter Schuß, und ein junger Mann war haargenau an derselben Stelle getroffen wie sein Häuptling. Navarro war ein Meisterschütze.
»Nicht schön, Señor Hamilton«, bemerkte Navarro.
»Nein, nicht schön. Es ist leider so, wie ihre Vor-

kämpfer behaupten. Menschen wie wir haben sie zu dem gemacht, was sie sind. Doch dies ist wohl weder die richtige Zeit noch der richtige Ort, um ihnen das zu erklären.«

Die Krieger verließen hastig ihre Kanus und begaben sich im Laufschritt in den Schutz ihrer Hütten und des Waldes; die beiden Verwundeten nahmen sie mit. Doch gleich darauf kamen sie wieder aus der Dekkung, die Bogen gespannt und die Blasrohre am Mund. Hamilton und Navarro duckten sich, prasselnd trafen die Pfeile auf und prallten wirkungslos vom Rumpf des Hubschraubers ab. Bekümmert und erstaunt zugleich schüttelte Navarro den Kopf. »Ich wette, die haben bisher noch nicht mal einen Schuß *gehört.* Der Kampf ist alles andere als fair, Señor Hamilton.«

Hamilton nickte, gab aber keine Antwort. »Das genügt«, sagte er nach einer Weile. »Ich glaube kaum, daß sie vor Anbruch der Dunkelheit noch mal angreifen. Aber ich werde Wache halten oder dafür sorgen, daß andere aufpassen. Inzwischen sehen Sie und Ramon zu, daß Sie uns unsere vierbeinigen Freunde sowie das Kriech- und Krabbelgetier vom Leib halten. Verjagen Sie sie, scheuchen Sie sie weg. Und wenn Sie unbedingt schießen müssen, tun Sie's um Himmels willen nicht am oder im Wasser. Heute abend ist meine Badestunde, und dafür möchte ich nicht jeden Piranha im Umkreis anlocken.«

Hamilton kletterte zurück in den Hubschrauber.

»Das war ja das reinste Hagelwetter da draußen«, begrüßte Tracy ihn. »Pfeile, was?«

»Haben Sie es denn nicht gesehen?«

»Ich war nicht allzu wild aufs Zuschauen. Die Fenster sind zwar aus bruchsicherem Glas, aber ich möchte es trotzdem nicht drauf ankommen lassen. Vergiftet?«

»Zweifellos. Aber wohl nicht mit Kurare, mit nichts Lebensgefährlichem also. Auch wenn der Indianerschutzdienst nichts davon weiß: die Chapate benutzen mit Vorliebe ein anderes Gift, Timbo, das die Opfer bloß lähmt. Zuviel Kurare verdirbt den Geschmack des Eintopfs.«

Smith sagte verkniffen: »Sie machen wirklich kurzen Prozeß mit Ihren Gegnern, wie?«

»Hätte ich mit ihnen palavern sollen? Die Bunte-Glasperlen-Masche? Warum versuchen Sie's denn nicht mal?« Smith antwortete nicht. »Wenn Sie noch mehr solcher hirnverbrannter Ideen haben, würde ich vorschlagen, daß Sie sie entweder in die Tat umsetzen oder den Mund halten. Auch meine Geduld hat ihre Grenzen.«

Silver, dessen Gesicht inzwischen verbunden worden war, versuchte abzulenken. »Und jetzt?« fragte er.

»Eine schöne Siesta bis zur Abenddämmerung. Das heißt, für mich zumindest. Deswegen muß ich Sie bitten, abwechselnd Wache zu halten. Aber nicht nur das Dorf muß bewacht werden, sondern die ganze

Gegend, so weit stromauf- und stromabwärts, wie man sehen kann: Die Chapate könnten von irgendeinem Punkt abseits vom Dorf einen Kanuüberfall planen, wenn ich das auch für unwahrscheinlich halte. Falls etwas passiert, geben Sie mir Bescheid. Ramon und Navarro müßten in zwanzig Minuten zurück sein; wenn die kommen, brauchen Sie mich nicht zu informieren.«

»Sie haben viel Vertrauen zu Ihren Helfern«, meinte Tracy.

»Absolutes.«

»Wir sollen also wach bleiben, während Sie schlafen«, stellte Smith fest. »Warum?«

»Ich muß meine Batterien für die Nacht aufladen.«

»Und dann?«

Hamilton seufzte. »Dieser Hubschrauber wird sich nie wieder in die Luft schwingen, also müssen wir eine andere Möglichkeit finden, zum Luftkissenboot zu gelangen. Ich schätze, es ist jetzt ungefähr dreißig Meilen weiter stromabwärts. Den Landweg können wir nicht nehmen. Es würde Tage dauern, bis wir uns durch den Urwald gehackt hätten, und außerdem würden uns die Chapate erwischen, bevor wir auch nur eine einzige Meile zurückgelegt hätten. Wir brauchen also ein Boot. Und das werde ich mir von den Chapate ausleihen. Dort drüben am Ufer liegt eine schöne, große, uralte Barkasse. Sicher gehört die nicht den Chapate. Die ursprünglichen Besitzer sind vermutlich längst von ihnen verspeist worden. Der

Motor wird ein einziger Rostklumpen sein und daher unbrauchbar. Wir brauchen aber keinen Motor, wenn wir flußabwärts treiben.«

»Und wie werden wir dieses ... äh ... dieses Boot kriegen, Hamilton?« erkundigte sich Tracy.

»Ich werde es holen. Sobald die Sonne untergegangen ist.« Er lächelte ein wenig. »Deswegen muß ich rechtzeitig meine Batterien aufladen.«

»Sie müssen anscheinend immer den Helden spielen, nicht wahr, Hamilton?«

»Und Sie werden nie begreifen, worauf's ankommt, nicht wahr? Nein, ich muß nicht den Helden spielen. Ich will gar kein Held sein. Von mir aus können Sie rüberschwimmen. Ein Held sein. Nur zu. Melden Sie sich freiwillig. Schinden Sie Eindruck bei Ihrer Freundin.«

Smith öffnete langsam die geballten Fäuste und wandte sich ab. Hamilton rollte sich auf seinem Sitz zusammen, ohne den toten Heffner zu beachten, der ihm gegenüber auf der anderen Seite des Mittelgangs lag. Die übrigen sahen einander schweigend an.

Viele Stunden später, es wurde schon Abend, fragte Hamilton: »Alles verpackt? Gewehre, Munition, Handgepäck von gestern, Lebensmittel, Wasser, Medikamente? Silver, die beiden Kompasse vom Hubschrauber könnten wir gut gebrauchen.«

Silver deutete auf einen Kasten zu seinen Füßen. »Alles schon drin.«

»Ausgezeichnet.« Hamilton sah in die Runde. »Nun, das wär's wohl. Dann mal los.«

»Was soll das heißen, das wär's wohl?« fragte Smith und deutete auf den toten Heffner. »Und was ist mit ihm?«

»Was soll mit ihm sein?«

»Wollen Sie ihn etwa hier liegen lassen?«

»Das ist Ihre Sache.« Hamilton sagte es betont gleichgültig. Er brauchte nicht deutlicher zu werden. Smith wandte sich ab und stolperte die Hubschraubertreppe hinab.

Als sie sich an der stromabwärts gelegenen Seite der Insel sammelten, fehlte von der ganzen Gesellschaft nur Navarro. In der zunehmenden Dunkelheit überprüfte Hamilton noch einmal die verschiedenen Packlasten. Er schien zufrieden zu sein.

»Der Mond wird zwar scheinen«, erklärte er, »aber er wird zu spät aufgehen, um uns vor dem nächsten Angriff zu bewahren. Mondaufgang ist in ungefähr zweieinhalb Stunden. Wenn sie angreifen, dann werden sie das also innerhalb dieser zweieinhalb Stunden tun, und das bedeutet, es kann jetzt jeden Moment losgehen, obwohl ich damit rechne, daß sie erst die völlige Dunkelheit abwarten werden. Ramon, Sie gehen jetzt zu Navarro. Falls die Chapate angreifen, bevor Sie mein Signal sehen, halten Sie sie auf, so gut und so lange Sie können. Gebe ich das Signal vorher, kommen Sie sofort hierher zurück. Tracy?«

Tracy antwortete: »Ich habe mich die letzte Stunde

hier draußen nicht sonderlich wohl gefühlt. Alligatoren? Keine Spur. Nicht das leiseste Plätschern der Wellen. Sie nehmen kein Gewehr mit, Hamilton?«

»Gewehre machen Krach. Gewehre werden naß.«

Maria schauderte und zeigte auf ein großes Jagdmesser, das an Hamiltons Gürtel hing. »Das ist wohl ungefährlicher?«

»Manchmal ist der erste Stich nicht tödlich. Dann kann es trotzdem Krach geben. Aber lieber keine Heldentaten. Ich glaube kaum, daß ich es benutzen muß. Und wenn doch, dann habe ich garantiert gestümpert.«

Hamilton blickte über den Fluß. Die Dunkelheit war jetzt so tief, daß das Ufer nur noch wie ein verschwommener Schattenriß erschien. Er vergewisserte sich, daß die Seilrolle, die wasserdichte Stablampe und das Messer sicher an seiner Taille befestigt waren, watete lautlos in den Fluß und schwamm langsam und geräuschlos davon.

Das Wasser war warm, die Strömung sanft, und ringsum entdeckte er nichts als die stille, samtene Dunkelheit. Unvermittelt hörte er auf zu schwimmen, trat Wasser und starrte angestrengt voraus. Er sah etwas wie eine winzige Welle auf der glatten Wasseroberfläche, ohne erkennen zu können, was sie verursachte. Er hob die rechte Hand, die den Griff des Messers fest umklammerte, aus dem Wasser. Die winzige Welle war immer noch da. Doch im nächsten Augenblick verschwand sie. Hamilton steckte das Messer in die Scheide zurück. Er war nicht der erste, der einen dahintreibenden Baumstamm für ein Krokodil gehalten hatte: ein weitaus gesünderer Irrtum als umgekehrt. Wieder begann er lautlos zu schwimmen.

Eine Minute darauf ließ er sich ans Ufer treiben und packte eine auftauchende Baumwurzel. Er richtete sich auf, blickte sich aufmerksam um, lauschte angestrengt, stieg dann flink und geräuschlos aus dem Wasser und verschwand im Wald.

Nach hundert Metern erreichte er das Dorf. Es bestand aus über zwanzig kreuz und quer verteilten Hütten, die alle wie ausgestorben wirkten. Im Zentrum der Siedlung erhob sich die wesentlich größere, kreisrunde Hütte. Durch zahlreiche Ritzen in der Wand fiel Licht nach außen. Wie ein Geist huschte Hamilton nach rechts, bis er sich unmittelbar hinter der Hütte befand. Hier wartete er, bis er einigermaßen sicher sein konnte, daß er unbeobachtet geblieben war, dann schlich er dicht an die Hüttenwand. Er suchte sich eine besonders helle Ritze und spähte hindurch.

Der Versammlungsraum war von einigen Dutzend Talglichtern erleuchtet. Er war vollständig unmöbliert. Zahlreiche Indios scharten sich in mehreren Reihen um einen freien Platz in der Mitte. Dort ritzte ein älterer Mann mit einem Stock Zeichen in den sandbestreuten Boden und sprach dazu in einer Hamilton unverständlichen Sprache. Die Zeichnung formte sich zum Umriß der Insel. Auch das Eingeborenendorf am linken Flußufer war erkennbar. Der Sprecher zog jetzt Linien von mehreren Stellen ober- und unterhalb des Dorfes und auch vom Dorf selbst zur Insel hinüber. Also wurde eine Art Zangenangriff auf den Hubschrauber geplant. Von Zeit zu Zeit hob der Vortragende den Stock und deutete damit auf einzelne Männer. Anscheinend teilte er die Kanubesatzungen für die verschiedenen Angriffspositionen ein.

Hamilton entfernte sich in Richtung des stromaufwärts gelegenen Ufers und achtete sorgfältig darauf, daß er vom Dorf aus nicht gesehen wurde. Als er das Ufer erkennen konnte, machte er halt. Da lagen mindestens zwanzig Kanus vertäut. Die einzelnen Boote waren verschieden groß. Stromaufwärts am Ende der Kanureihe lag die verrottete Motorbarkasse mit ihrem absplitternden Farbanstrich. Sie war ungefähr sechs Meter lang, lag zwar sehr tief im Wasser, schwamm aber doch noch so, daß man sie für manövrierfähig halten durfte.

Flußabwärts standen zwei Indiokrieger Wache und unterhielten sich mit gedämpfter Stimme. Während Hamilton sie beobachtete, deutete einer von ihnen zum Dorf hinüber und ging davon. Hamilton schlich sich in den Schutz einer Hütte zurück und duckte sich; der Indio ging auf der anderen Seite vorbei.

Gleich darauf tauchte ein neues Problem auf. Vor einer Viertelstunde noch hätte er gefahrlos in seinem

Versteck bleiben können. Der wachhabende Indio hätte ihn selbst auf geringe Entfernung nicht erkannt. Damit war es jetzt aus. Die Sonne war zwar längst untergegangen, und bis zum Mondaufgang dauerte es noch eine ganze Weile. Aber unglücklicherweise hatten sich die Abendwolken, die ihm zuvor so günstigen Schutz geboten hatten, verzogen, und der südliche Himmel erstrahlte in einem Meer von Sternen, die in den Tropen bekanntlich soviel größer und heller wirkten als in gemäßigten Breiten. Die Sicht war gefährlich gut geworden.

Warten konnte er sich am wenigsten leisten, das wußte Hamilton. Er richtete sich also auf, zückte das Messer zum Wurf und schlich geräuschlos voran. Der Indio blickte zur Insel hinüber, die jetzt gut zu erkennen war. Ein Schatten tauchte hinter ihm auf, dann ertönte das Geräusch eines kurzen, dumpfen Schlags, als ihn der Griff von Hamiltons Messer im Genick traf. Hamilton fing ihn auf, ehe er ins Wasser fallen konnte, und ließ ihn nicht gerade sanft zu Boden gleiten.

Dann spurtete er flußaufwärts. Er erreichte die Motorbarkasse, zog seine Signallampe heraus, deckte den Lichtstrahl mit der Hand ab und leuchtete hinein.

Das Boot war unbeschreiblich dreckig, und auf dem Boden standen mindestens zehn Zentimeter Wasser. Der Lichtstrahl fiel auf den Motor in der Mitte, der – wie Hamilton es vorausgesagt hatte – nur noch aus einem Rostklumpen bestand. Komischerweise schwammen um ihn herum drei offensichtlich zum Wasserschöpfen gedachte Bratpfannen, vermutlich Eigentum eines optimistischen, inzwischen freilich längst verblichenen Missionars. Hamilton leuchtete rasch das gesamte Bootsinnere ab: Es war nichts vorhanden, um das Fahrzeug in Bewegung zu setzen, kein Mast, kein Segel, keine Riemen, nicht einmal ein Paddel.

Hamilton richtete sich auf und schlich rasch zu den nächstgelegenen Kanus hinüber, um sich zu bedienen. Binnen einer Minute hatte er mindestens ein Dutzend Paddel zusammen. Er verfrachtete sie in die Barkasse, lief weiter, wählte zwei große Kanus aus und zog sie zum Boot hinüber. Dann löste er die Seilrolle von seiner Taille, schnitt zwei Längen ab und verband die Kanus, eins hinter dem anderen, mit der Barkasse. Er durchschnitt die Manilaleine, schob die Barkasse in tieferes Wasser, kletterte hinein, ergriff ein Paddel und begann sich lautlos vom Ufer abzustoßen.

Hamilton mußte bald feststellen, daß es nicht einfach war, die Barkasse mit den beiden Kanus dahinter diagonal stromabwärts zu dirigieren. Das Boot war von Natur aus schwerfällig, und dazu kam noch das am Boden gestaute Wasser. Hamilton, der ja nur ein Paddel benutzen konnte, mußte unablässig von einer Seite zur anderen wechseln, um den Kurs zu halten. Er pausierte kurz, um sich zu orientieren und die stromauf gewandte Spitze der Insel auszumachen. Als er feststellte, daß er sich ihr beinahe genau gegenüber befand, zog er seine Stablampe heraus und schaltete sie dreimal ein und wieder aus. Dann richtete er sie schräg flußabwärts und ließ sie erneut dreimal aufleuchten. Als die verabredeten Signale gegeben waren, steckte er die Lampe fort und begann eilig wieder zu paddeln

Ein Indiokrieger kam aus der Versammlungshütte und schlenderte unbekümmert zum Flußufer hinüber. Plötzlich setzte er sich in Trab und beugte sich gleich darauf über einen Mann, der reglos ausgestreckt auf dem Gesicht lag. Ein wenig Blut tropfte aus einer schwellenden Beule in seinem Nacken, dicht unter der Schädelbasis. Sein Stammesbruder richtete sich auf und begann laut, dringend und wiederholt zu rufen.

Hamilton hörte auf zu paddeln und blickte sich um. Gleich darauf machte er sich mit gesteigerter Energie wieder an seine schwere Aufgabe.

Ramon und Navarro waren, wie verabredet, zum anderen Ende der Insel aufgebrochen. Als sie die Rufe am Ufer vernahmen, in die sich nun das Geschrei zahlreicher anderer, wütender Stimmen mischte, blieben sie abrupt stehen.

Ramon sagte: »Ich glaube, Señor Hamilton hat sich da was eingebrockt. Ich denke, wir sollten lieber noch ein bißchen warten.«

Die beiden Männer hockten geduckt und mit angelegtem Gewehr am Inselstrand und spähten über die Wasserrinne zum Festland. Die unförmige Silhouette von Hamiltons Barkasse sowie die der beiden Kanus, die er hinter sich herzog, war jetzt knapp dreißig Meter von ihnen entfernt und einigermaßen gut zu erkennen. Weniger deutlich, aber immerhin vage sichtbar, tauchten hinter Hamiltons Schleppzug die schattenhaften Umrisse von Kanus auf, die die Verfolgung aufnahmen.

»So dicht wie möglich an die Insel heran!« rief Ramon zu Hamilton hinaus. »Wir geben Deckung.«

Hamilton warf einen Blick über die Schulter zurück. Das erste von einem halben Dutzend Kanus hatte sich ihm schon bis auf knapp dreißig Meter genähert. Im Bug standen zwei Krieger, der eine mit einem Blasrohr am Mund, der andere mit gespanntem Bogen.

Hamilton duckte sich in seinem Boot so tief, wie er nur konnte, und spähte erwartungsvoll nach rechts. Endlich konnte er Ramon und Navarro erkennen und sah auch ihre angelegten Gewehre. Die beiden Schüsse fielen fast gleichzeitig. Der Krieger mit dem Blasrohr fiel rückwärts ins Kanu; der mit dem Bogen platschte in den Fluß, während sein Pfeil wirkungslos flach übers Wasser zischte.

»Schnell!« rief Hamilton. »Laufen Sie zu den anderen!«

Ramon und Navarro gaben – mehr zur Abschrekkung als in der Absicht, jemanden zu treffen – noch ein paar Schüsse ab, dann setzten sie sich in Trab. Dreißig Sekunden später trafen sie auf den Rest der Gesellschaft an der flußabwärts weisenden Spitze der Insel. Alle blickten ängstlich stromauf. Hamilton mühte sich erfolglos ab, das schwerfällige Bootstrio an Land zu bringen. Es sah aus, als würde er die Inselspitze unweigerlich um ein paar entscheidende Meter verfehlen.

Ramon und Navarro legten ihre Gewehre aus der Hand, sprangen ins Wasser, packten den Bug der Motorbarkasse und richteten ihn aufs Land. Es gab weder Kommandos noch zur Eile antreibende Rufe. So etwas war bei den Zwillingen überflüssig. Innerhalb von Sekunden waren sowohl Ausrüstung als auch Passagiere an Bord der Barkasse verstaut, das Boot ins Wasser geschoben und die Paddel verteilt. Immer wieder warfen sie furchtsame Blicke nach hinten, entdeckten jedoch keinerlei Anlaß zur Sorge. Die Kanus blieben zurück. Niemand wagte sich mehr an die Verfolgung.

Smith sagte, und das nicht einmal widerwillig: »Das war hervorragende Arbeit, Hamilton. Und jetzt?«

»Zunächst wird gepützt. Hier müßten irgendwo drei Bratpfannen rumschwimmen. An die Arbeit! Sobald wir das Wasser los sind, paddeln wir in die Flußmitte – zur Sicherheit; für den Fall, daß die Chapate ein paar Scharfschützen am Ufer aufgestellt haben. Bald wird der Mond aufgehen. Der Himmel ist wolkenlos, also können wir die Nacht durchfahren. Kellner und Hiller machen sich inzwischen bestimmt Sorgen um uns.«

»Wozu die beiden leeren Kanus?« wollte Tracy wissen.

»Ich habe Ihnen gestern abend schon erklärt, daß es ungefähr fünfzig Meilen unterhalb von Romono Wasserfälle gibt. Deswegen mußten wir ja das Luftkissenboot mit dem Hubschrauber hinüberhieven. Die Fälle liegen jetzt ungefähr zwanzig Meilen vor uns. Wir müssen den Kahn dort also über eine Portage tragen, und mit diesem Elefanten hier wäre das unmöglich. Wenn wir dort sind und alles ausgeladen haben, werden wir ihn hinabstoßen. Vielleicht übersteht er es, die Fälle sind nur viereinhalb Meter tief.«

Kurze Zeit später glitt die inzwischen leergepützte Barkasse sanft stromabwärts. Sechs Mann paddelten, brauchten sich aber nicht sehr anzustrengen, denn die Strömung unterstützte sie kräftig. Der Mond ging auf und glänzte weich auf dem bräunlich schimmernden Wasser. Es war ein friedliches Bild.

Fünf Stunden später, als Hamilton die Barkasse ans linke Ufer lenkte, konnten die Passagiere deutlich das Rauschen der Fälle voraus vernehmen. Sie erreichten das Ufer und machten an einem Baum fest. Die Portage betrug höchstens einhundert Meter. Zuerst wurden alle Ausrüstungsgegenstände, die Lebensmittel und das persönliche Gepäck hinübergetragen, anschließend die beiden Kanus und außerdem, nur für den Fall, daß die Motorbarkasse den Sturz überstehen würde, auch die drei Bratpfannen zum Pützen.

Hamilton und Navarro bestiegen ein Kanu und paddelten zu einer Stelle, wo das Wasser wieder ruhiger floß, ungefähr dreißig Meter vom Fuß der Wasserfälle entfernt. Sie benötigten ihre Paddel jetzt nur noch, um den Kurs zu halten. Beide spähten gespannt stromaufwärts, wo sich Ramon bei den Wasserfällen zu schaffen machte.

Eine halbe Minute lang war nichts zu sehen als das spiegelnde, schaumgekrönte Wasser des Rio da Morte, das sich senkrecht über die Felsen ergoß. Dann tauchte der Bug der Barkasse auf, schien zu zögern, bis dann urplötzlich das ganze Boot über der Klippe erschien und hinunterstürzte. Es gab einen lauten Krach und eine ungeheuere Gischtwolke, als die Barkasse erst ins Wasser tauchte und gleich darauf ganz unterzugehen schien. Zehn bange Sekunden vergingen, bevor sie wieder auftauchte. Aber sie tauchte auf, und zwar sogar mit der richtigen Seite nach oben.

Sie war so voll Wasser, daß sie nur noch zehn Zentimeter Freibord hatte, und trieb träge stromabwärts, bis Hamilton die ausgeworfene Leine festmachen konnte. Mit beträchtlicher Mühe gelang es ihm und Navarro, den schwerfälligen Kahn ans linke Ufer zu schleppen und dort festzumachen. Und dann begann das Pützen von vorn.

Das hell erleuchtete Luftkissenboot lag in der Flußmitte verankert. Navigations-, Decks- und Kabinenlichter waren eingeschaltet. Kellner und Hiller verzweifelten inzwischen fast, weil sich die sehnlich erwartete Nachhut schon fünfzehn Stunden verspätet hatte und zu befürchten stand, daß sie überhaupt nicht mehr kommen würden. Für sie selbst bestand hingegen weder Gefahr noch Grund zu übertriebener Sorge. Sie brauchten nur weiter flußabwärts zu fahren, bis sie den Zusammenfluß des Rio da Morte mit dem Araguaia erreichten. Dann wären sie wieder in zivilisiertem Gebiet. Doch beide Männer waren bereit, zu warten, da ihr Instinkt ihnen sagte, es würde sich lohnen. Sie vertrauten beide auf Hamiltons Überlebensfähigkeit. Darum hatte Kellner sein Hovercraft beleuchtet wie einen Weihnachtsbaum. Er wollte auf gar keinen Fall riskieren, daß der Hubschrauber sie im Dunkeln verfehlte.
Er und Hiller standen, die Maschinenpistolen ständig griffbereit, auf dem kurzen Achterdeck zwischen den Propellern und lauschten angestrengt auf das erste, schwache Anzeichen für den beim Herannahen ohrenbetäubend anschwellenden Lärm der Sikorsky. Aber es waren seine Augen, die Kellner schließlich das Zeichen gaben, auf das er wartete, und nicht seine Ohren. Er spähte flußaufwärts und kniff prüfend die Augen zusammen, dann schaltete er den starken Suchscheinwerfer des Luftkissenbootes ein und richtete ihn auf den Fluß.

Eine antriebslose Motorbarkasse mit jedoch allem Anschein nach wohlbehaltener Crew und mit zwei Kanus im Schlepptau war soeben an einer Biegung des Rio da Morte erschienen.

7

Die Kabine des Luftkissenbootes war luxuriös ausgestattet, wenn auch notwendigerweise im Kleinformat. Die Bar war hervorragend bestückt und erfreute sich im Moment kräftigen Zuspruchs. Die meisten Passagiere des havarierten Hubschraubers fühlten sich, als seien sie dem Rachen des Todes entronnen. Die Atmosphäre war entspannt, beinahe fröhlich, und auch der Geist des dahingeschiedenen Heffner versuchte nicht, die muntere Gesellschaft zu stören.

»Gab's irgendwelche Schwierigkeiten während der Nacht?« erkundigte sich Hamilton bei Kellner.

»Im Grunde nicht. Ein paar mit Indios besetzte Kanus näherten sich kurz nach Mitternacht. Aber wir haben den Suchscheinwerfer eingeschaltet und direkt auf sie gerichtet, da haben sie kehrtgemacht und sind wie die Teufel ans Ufer zurückgepaddelt.«

»Keine Schießerei?«

»Nein, nichts.«

»Gut. Also, das große Problem morgen sind die Stromschnellen, die von den Indios die Hoehna genannt werden.«

»Stromschnellen?« wiederholte Kellner verwundert. »Auf meiner Karte sind keine Stromschnellen eingezeichnet.«

»Auf meiner auch nicht. Aber es gibt sie trotzdem. Ich habe sie zwar nie befahren, aber aus der Luft hab' ich sie schon gesehen. Von oben sehen sie nicht sehr tückisch aus, aber das ist ja immer so. Kennen Sie sich mit Stromschnellen aus?«

»Etwas«, antwortete Kellner. »Aber nicht mit solchen, die noch kein Boot bewältigt hat.«

»Angeblich hat es schon Boote gegeben, die die Hoehna geschafft haben.«

»Na also. Wo liegt dann das Problem? Ein Luftkissenboot kann Stromschnellen überwinden, vor denen jedes andere Boot kapitulieren müßte.«

»Ich dachte, so wie ich Sie kenne, Señor Hamilton, hätten Sie uns längst auf den Weg gebracht«, sagte Serrano. »Die Nacht ist klar. Wir haben Mondschein. Eine schöne Nacht für eine Bootsfahrt. Oder spricht man bei diesen Dingern von ›fliegen‹?«

»Wir brauchen alle ein paar Stunden Ruhe. Morgen wird ein harter Tag. Die Hoehna-Stromschnellen sind nur noch knapp hundert Meilen entfernt. Wie lange brauchen wir bis dahin, Kellner?«

»Drei Stunden. Wenn's unbedingt sein muß, auch weniger.«

»Bei Nacht befährt man keine Stromschnellen. Und nur ein Wahnsinniger würde in der Dunkelheit dort aufkreuzen. Wegen der Horena.«

»Horena?« erkundigte sich Tracy. »Ein anderer Indiostamm?«
»Genau.«
»Wie die Chapate?«
»Nein. Ganz anders als die Chapate. Die Horena sind die römischen Löwen, die Chapate die Christen. Die Horena jagen den Chapate eine Höllenangst ein.«
»Aber Sie sagten doch, die Muscia . . .«
»O ja! Die Muscia sind für die Horena, was die Horena für die Chapate sind. So sagt man jedenfalls. Gute Nacht!«

»Stromschnellen!« rief Ramon. »Stromschnellen voraus!«
In den zweieinhalb Stunden seit dem Start des Luftkissenbootes war der Rio da Morte, obwohl er mit einer Geschwindigkeit von ungefähr fünfzehn Knoten dahinschoß, beinahe so ruhig gewesen wie eine Glasfläche, und obwohl schwere Regenfälle die Sicht teilweise beeinträchtigten, hatte es keinerlei Schwierigkeiten gegeben. Inzwischen jedoch hatten sich die Bedingungen drastisch verändert. Wie ein Vorhang rauschte auf einmal der Regen herab und beeinträchtigte beängstigend die Sichtverhältnisse. Es hatte damit angefangen, daß plötzlich Felsbrocken aufgetaucht waren. Einige waren zerklüftet, andere rundgeschliffen. Unversehens ragten sie aus dem Flußbett heraus. Soweit das Auge reichte, bedeckten sie zu

Hunderten die gesamte Breite des weißschäumenden Wassers, das mit Urgewalt über sie hinwegtoste. Das Luftkissenboot war so weit gedrosselt, daß es kaum noch auf das Steuer ansprach und befand sich im Handumdrehen mitten in einem weißschäumenden Hexenkessel.

Kellner hatte zwar seine Erfahrung im Umgang mit Stromschnellen heruntergespielt. Doch in dieser Gefahr bewies sich sein wahres Können. Soweit ein ungeübter Beobachter es beurteilen konnte, war er Meister. Er vollführte einen wahren Eiertanz an der Steuerung. Den Gashebel hielt er jetzt nicht mehr in einer Stellung, sondern wechselte zwischen halber und voller Fahrt voraus, was angesichts der Geschwindigkeit vielleicht verrückt wirkte, es aber keineswegs war. Denn mit diesem Kunstgriff sowie dadurch, daß er die Be- und Entlüftungskanäle ignorierte und den Luftkissendruck so hoch wie nur möglich hielt, fiel es ihm leichter, unvermittelte Kursänderungen zu vermeiden, die das Luftkissenboot herumgeschleudert und mit der Breitseite in die Katastrophe gesteuert hätten. Statt dessen hielt er bewußt auf die weniger gefährlichen Felsbrocken zu und brachte das Luftkissenboot darüber hinweg. Natürlich war dabei äußerste Vorsicht geboten: Er mußte auf die rundgeschliffenen Felsen zuhalten und die zerklüfteten meiden. Denn die hätten selbst die verstärkten Schutzplanken der Luftkissen aufgerissen und das Hovercraft in Sekundenschnelle in ein normales Boot verwandelt, das unweigerlich gesunken wäre. Jetzt riß er den Hebel für die Neigungswinkelverstellung der Propeller zurück, um dem linken Propeller mehr Energie zuzuführen, und wenn sich das als unzureichend erwies, gab er rechts Seitenruder, um damit die Kursstabilität zu erhalten. Sekunden später mußte er das ganze Manöver in umgekehrter Reihenfolge wiederholen. Seine Aufgabe wurde noch dadurch kompliziert, daß selbst die Hochgeschwindigkeits-Scheibenwischer es nur gelegentlich schafften, die Fenster notdürftig von Regen und Gischt zu befreien.

Zu Hamilton, der vorn neben ihm saß, sagte Kellner: »Erzählen Sie mir doch noch mal was von den Booten, die angeblich die Hoehna überwunden haben.«

»Ich fürchte, man hat mich da falsch informiert.«

Weiter hinten im Hovercraft sprach niemand. Alle verwendeten ihre Konzentration ausschließlich darauf, sich an ihren Sitzen festzuklammern. Im großen und ganzen ging das Boot auf und ab im wilden Tempo einer Achterbahn. Im Gegensatz zu einer Achterbahn sauste das Boot freilich nicht nur auf und ab, sondern schlingerte auch noch heftig von links nach rechts und umgekehrt.

Vorn fragte Kellner jetzt: »Sehen Sie, was ich sehe?«

Ungefähr fünfzig Meter voraus schien der Fluß unvermittelt zu verschwinden. Sie näherten sich offenbar einer Art Wasserfall.

»Leider ja. Was sollen wir tun?«

»Komische Frage.«
Das Luftkissenboot wurde hilflos weitergetrieben. Das mysteriöse Ende des Flusses entpuppte sich tatsächlich als Wasserfall. Der Höhenunterschied im Flußbett mußte mindestens drei Meter betragen. Und Kellner tat das einzige, was ihm zu tun übrig blieb: er versuchte, das Luftkissenboot auf möglichst geradem Kurs zu halten. Es glitt über den Rand des Wasserfalls, senkte abrupt die Nase und stürzte in einem Winkel von 45° hinab. Mit einer Eruption von Krach und Gischt tauchte das Boot vorübergehend bis aufs Heck vollkommen ins Wasser ein. Selbst ein Teil der Kabine stand vollständig unter Wasser, und in dieser Position blieb das Boot mehrere Sekunden lang, bis es sich langsam wieder an die Oberfläche kämpfte, während das Wasser in Kaskaden von seinen Decks rauschte. Es senkte sich allerdings insgesamt tiefer ins Wasser, da Luft aus dem Kissen entwichen war, als das Heck aus dem Wasser geschleudert wurde.
Im Innern der Kabine herrschte ein entsetzliches Durcheinander. Bei dem steilen Sturz und dem darauf folgenden heftigen Aufprall waren alle Passagiere zu Boden geschleudert worden. Ausrüstungsgegenstände, die im Heck zwar verstaut, aber nicht vertäut worden waren, lagen nun über die ganze Kabine verstreut. Und um das Unglück voll zu machen, war ein Fenster eingedrückt worden, und Hunderte Gallonen von Wasser schwappten durch die Kabine.

Einer nach dem anderen rappelten sich die Passagiere auf. Sie hatten blaue Flecken, waren kräftig durchgeschüttelt und ein bißchen benommen, aber niemand schien etwas gebrochen zu haben.

Als sich das Luftkissen allmählich wieder auffüllte und das Wasser gurgelnd durch die dafür vorgesehenen Öffnungen abfloß, spürten sie, wie sich das Boot langsam wieder zu seiner normalen Position erhob.

Dreimal noch machte das Hovercraft innerhalb der nächsten paar Minuten ein ähnliches Desaster durch, doch war keiner der Wasserfälle mehr so hoch wie der erste. Schließlich gelangten sie in ruhigeres Gewässer. Weit und breit kein Felsbrocken. Sie atmeten auf. Doch gleich darauf machte sich eine andere Gefahr bemerkbar. Die bewaldeten Ufer wichen zunächst niedrigen Felsbänken, die jedoch rasch zu einem Canyon anstiegen. Gleichzeitig wurde der Fluß auf etwa ein Drittel seiner ursprünglichen Breite zusammengedrängt, während die Strömung des Wassers und damit auch das Tempo des Bootes sich innerhalb kurzer Zeit verdoppelten.

Hamilton und Kellner starrten durch die Windschutzscheiben voraus, sahen einander kurz an und blickten dann wieder nach vorn. Vor ihnen wichen die steilen Felswände am Flußufer abrupt zurück, doch das versprach keineswegs die erhoffte Erleichterung. Denn eine Viertelmeile voraus blockierte ein regelrechtes Feld riesiger, schwarzer Felsbrocken den Fluß von einem Ufer zum anderen.

»Verdammte Karte!« schimpfte Kellner.
»Allerdings.«
»Eigentlich schade. Diese Boote kosten ziemlich viel Geld.«
»Halten Sie sich links.«
»Aus einem besonderen Grund?«
»Am rechten Ufer leben die Horena.«
»Also links.«
Die Felsen waren noch etwa dreihundert Meter entfernt. Sie schienen eine undurchdringliche Barriere zu bilden, und nirgends sah man eine Lücke, die groß genug war, um dem Luftkissenboot die Durchfahrt zu ermöglichen.
Hamilton und Kellner sahen einander an. Gleichzeitig zuckten beide die Achseln. Dann drehte sich Hamilton um und gab Anweisungen nach hinten.
»Halten Sie sich gut fest«, mahnte er. »Wir werden ziemlich plötzlich zum Stehen kommen.« Er hatte es kaum gesagt, als er sah, daß seine Warnung überflüssig war. Alle hatten erkannt, was auf sie zukam. Sie klammerten sich fest und waren bereit, um ihr Leben zu kämpfen.
Die Felsen waren jetzt nur noch hundert Meter entfernt. Kellner steuerte das Boot auf die größte Lücke zwischen dem ersten und zweiten Felsblock am linken Ufer zu.
Einen kurzen Moment lang, als nämlich Kellner direkt auf die Mitte der Lücke zuhielt, schien es, als hätte das Luftkissenboot eine winzige Chance, die

Durchfahrt zu schaffen. Der Bug des Bootes kam tatsächlich hindurch, aber dann war es aus. Die Lükke war um gut einen halben Meter zu schmal für die Mittschiffsbreite des Hovercraft. Mit einem knirschenden, kreischenden Aufreißen von Metall kam das Boot unvermittelt zum Stehen und steckte plötzlich unbeweglich fest.

Kellner legte den Rückwärtsgang ein und schaltete auf volle Kraft. Nichts rührte sich. Kellner ließ die Propeller auslaufen, schaltete die Motoren aber nicht ab, damit das Luftkissen erhalten blieb. Dann richtete er sich auf und murmelte vor sich hin: »Wenn wir jetzt einen seetüchtigen Schlepper hätten . . .«

Zehn Minuten später stapelten sich auf dem Deck Rucksäcke, Segeltuchsäcke und alle möglichen improvisierten Behälter. Hamilton knotete sich ein Seil um die Taille. »Es sind zwar nur etwa sechs Meter bis zum Ufer, aber das Wasser ist so verdammt reißend, daß ich Sie herzlichst bitte, das Seilende nicht loszulassen.«

Das reißende Wasser war aber nicht die einzige Gefahr. Kaum hatte Hamilton geendet, da ertönte plötzlich eine Art Grunzen, und Kellner brach auf dem Deck zusammen. Aus seinem Nacken ragte ein Pfeil. Hamilton fuhr herum.

Am rechten Ufer, knapp fünfzig Meter entfernt, stand eine Gruppe Indios, etwa zehn oder zwölf. Jeder Krieger hatte ein Blasrohr am Mund.

»Horena!« schrie Hamilton. »Runter! Hinter und in der Kabine in Deckung gehen! Ramon! Navarro!«
In Sekundenschnelle lagen Ramon und Navarro, die beim Anblick des leblosen Bootsführers sämtliche humanen Grundsätze vergaßen, auf die Ellbogen gestützt auf dem Kabinendach, die Maschinenpistolen im Anschlag. Ein Pfeilhagel traf die Metallverkleidung, doch keiner fand ein menschliches Ziel. Innerhalb von drei Sekunden feuerten die Zwillinge sechsmal. Auf fünfhundert Meter waren sie beide treffsicher. Auf fünfzig Meter waren ihre Schüsse tödlich. In diesen drei Sekunden stürzten drei Horena, einer nach dem anderen, in den Fluß, sackten drei weitere dort, wo sie standen, zusammen und starben, und die übrigen verschwanden im Schutz des Waldes.
Verbittert blickte Hamilton auf den leblosen Kellner hinab. Die Horena hielten sich nicht mit der Verwendung von Timbo auf, jenes lähmenden Giftes, das aus der Rinde einer Waldschlingpflanze gewonnen wurde. Nein, der Pfeil, der Kellner getroffen hatte, war mit Kurare bestrichen.
»Wäre Kellner nicht gewesen«, sagte Hamilton, »dann wären wir jetzt alle tot. Und nun hat's ausgerechnet Kellner erwischt.« Ohne ein weiteres Wort sprang er in den Fluß. Die einzige Gefahr bildete hier die reißende Strömung. Alligatoren und Piranhas meiden Stromschnellen.
Zunächst wurde er flußabwärts getrieben und mußte wieder ein Stück heraufgezogen werden. Beim zwei-

ten Versuch gelang es ihm, das Ufer zu erreichen. Eine Zeitlang blieb er einfach still stehen und versuchte, wieder zu Atem zu kommen, denn er war furchtbar umhergeschleudert worden. Dann löste er das Seil von seiner Taille und befestigte es an einem Baumstamm. Ein zweites Seil wurde ihm vom Boot aus zugeworfen. Das schlang er um einen Ast und warf es zum Luftkissenboot zurück, wo es um eine Propellerhalterung geschlungen und anschließend ans Ufer zurückgeworfen wurde, so daß es einen endlosen Flaschenzug bildete.

Das erste Gepäckstück – Hamiltons Rucksack – wurde unversehrt hinübergezogen. Auch die anderen Ausrüstungsgegenstände erreichten trocken das Land. Nur die Expeditionsmitglieder mußten eine kalte Dusche über sich ergehen lassen.

8

Schweißgebadet stolperte die schwer bepackte, neunköpfige Gruppe qualvoll und mühsam durch die nachmittägliche Dämmerung des Regenwaldes. Sie waren in einem Zustand totaler Erschöpfung. Sogar um die Mittagszeit herrschte hier, tief unten, nur Halbdunkel. Die Kronen der lianengeschmückten Bäume ragten mehr als dreißig Meter in die Höhe, und ihre Kronen waren so dicht verzweigt, daß sie das Sonnenlicht praktisch ganz aussperrten.

Sie kamen nicht etwa deswegen so langsam voran, weil sie sich im dichten Unterholz mit Macheten hätten einen Weg freischlagen müssen. Denn dichtes Unterholz gab es hier nicht. Wenn Pflanzen am Boden gedeihen sollen, brauchen sie Sonne und Licht. Ein Dschungel im afrikanischen Sinne existierte hier nicht. Nein, sie kamen so langsam voran, weil es hier ebensoviel Sumpfland wie festen Boden gab und man ständig auf den gefährlichen Treibsand gefaßt sein mußte. Man konnte vertrauensvoll auf etwas treten, das wie ein einladend grüner Rasenfleck aussah, und schon beim nächsten Schritt steckte man bis zu den

Schultern im Sumpf. Sicher voran kam man in diesem Wald nur mit einer Sonde in Form eines abgeschlagenen und von den Zweigen befreiten Astes. Für eine Luftlinienmeile mußten sie nicht selten einen Umweg von fünf Meilen machen. Dieser Umstand und die Zeit, die es kostete, festen Boden unter den Füßen zu finden, behinderte ihr Fortkommen langsam, frustrierend und anstrengend.

Vor allem Smith hatte Schwierigkeiten. Seine Kleidung war so schweißdurchtränkt, daß es aussah, als sei er gerade aus dem Fluß gefischt worden. Seine Beine waren wie aus Gummi, und er rang keuchend nach Luft.

»Was, zum Teufel, wollen Sie uns eigentlich beweisen, Hamilton?« fragte er. »Wie durchtrainiert Sie und wie konditionsschwach wir Stadtfräcke dagegen sind? Verdammt noch mal, Mann, machen Sie doch mal eine Pause! Eine halbe Stunde würde uns doch wohl nicht umbringen, oder?«

»Nein. Aber die Horena könnten's tun.«

»Sie sagten doch, die hausten am rechten Ufer.«

»Stimmt auch. Aber vergessen Sie nicht, daß wir sechs von ihren Kriegern getötet haben. Ziemlich rachsüchtig, die Horena. Ich würde es ihnen glatt zutrauen, daß sie an einer geschützten Stelle den Fluß überquert haben und uns jetzt verfolgen. Im Umkreis von hundert Metern könnten Hunderte von ihnen versteckt sein, die nur darauf warten, daß wir in Reichweite ihrer Blasrohre kommen. Wir würden

sie erst entdecken, wenn's zu spät ist. Die Schrumpfköpfe der Horenas sind berühmt.«
Smith verfügte anscheinend über Kraftreserven und einen eisernen Durchhaltewillen, von denen er bis zur Stunde nichts geahnt hatte. Er hastete weiter.

Gegen Abend erreichten sie eine kleine, ziemlich versumpfte Lichtung. Die meisten Expeditionsmitglieder marschierten inzwischen nicht mehr, sondern torkelten nur noch.
»Jetzt reicht's«, entschied Hamilton. »Hier schlagen wir unser Lager auf.«
Mit Einbruch der Dunkelheit schien der Wald zum Leben zu erwachen. Überall um sie herum schwirrten Laute durch die Luft. Deutlich unterschieden sie die Stimmen von Aras und Sittichen. Aber auch andere Tiere waren zu hören. Affen kreischten, Ochsenfrösche quakten, und hin und wieder ertönte aus den Tiefen des Waldes das gedämpfte Gebrüll eines Jaguars.
Überall gab es Schlingpflanzen, Kletterpflanzen, parasitäre Orchideen, und hier auf der Lichtung blühten exotische Kostbarkeiten in nahezu jeder erdenklichen Farbe. Die Luft war feucht und übelriechend, ein sumpfiger Gestank blieb stets gegenwärtig. Die Hitze war überwältigend, bleiern und nervtötend, der Boden ein breiiges, zähes, stinkendes Schlammbett.
Alle, sogar Hamilton, sanken dankbar auf die paar

Flecken trockenen Bodens nieder, die sie fanden. Über dem Fluß, ungefähr in Höhe der Baumwipfel, schienen mehrere Vögel regungslos am Himmel zu hängen, denn ihre riesigen, ausgebreiteten Schwingen bewegten sich nicht. Sie sahen bösartig aus, tükkisch und bedrohlich.

»Was sind das für gräßliche Viecher da oben?« fragte Maria.

»Urubus«, erklärte Hamilton. »Amazonas-Geier. Sie scheinen irgendeine Beute ausgemacht zu haben.«

Ein Schauder überlief Maria. Alle blickten voll Unbehagen zu den Geiern empor.

»Wenig verlockende Auswahl«, sagte Hamilton. »Der Kochtopf, die Kopfjäger oder die Geier. Aber da wir gerade von Kochtöpfen sprechen, wir könnten ein bißchen frisches Fleisch gebrauchen. *Curassow*, einen wilden Truthahn, oder *armadillo*, eine besondere Wildschweinart, kann man hier schießen. Alles sehr schmackhaft. Navarro?«

»Ich komme auch mit«, meldete sich Ramon.

»Sie bleiben hier, Ramon. Ein bißchen mehr Überlegung bitte. Jemand muß sich doch um diese armen Menschen kümmern.«

»Sie meinen wohl, uns im Auge behalten«, warf Tracy ein.

»Ich wüßte nicht, was Sie hier für Dummheiten anstellen könnten.«

»Ihr Rucksack.«

»Wie meinen Sie das?«

»Heffner schien etwas darin gefunden zu haben, kurz bevor Sie ihn ermordeten«, antwortete Tracy ruhig.

»Bevor Mr. Heffner unglücklicherweise zu Tode kam, meint Mr. Tracy«, korrigierte Ramon.

Hamilton musterte Tracy nachdenklich, dann wandte er sich ab und ging in den Wald. Navarro folgte ihm. Knapp zweihundert Meter vom Lager entfernt hielt Hamilton Navarro zurück, indem er ihm die Hand auf den Arm legte, und deutete nach vorn. Nicht einmal vierzig Meter von ihnen entfernt stand ein *quiexada*, das gefährlichste Wildschwein der Welt. Diese Tiere sind so frei von Furcht, daß sie angeblich sogar herdenweise in eine Ortschaft eindringen und die Menschen in ihre Häuser zurückdrängen.

»Unser Abendessen«, sagte Hamilton.

Navarro nickte und hob das Gewehr. Mehr als einen einzigen Schuß brauchte Navarro nie. Sie gingen auf das erlegte Wildschwein zu, machten jedoch sehr schnell wieder halt. Eine Herde von ungefähr drei Dutzend *quiexada* stampfte plötzlich aus dem Wald. Sie blieben stehen, scharrten den Boden auf und kamen wieder ein Stück näher. Ihre Absicht war unverkennbar.

Die Bäume hatten nur an der Flußseite Äste, denn nur dort bekamen sie genug Licht, um zu gedeihen. Hamilton und Navarro erreichten die untersten Äste des nächststehenden Baumes nur knapp vor den

Wildschweinen, die den Baum sofort umringten und wie auf ein unsichtbares Zeichen hin begannen, mit ihren gefährlichen Hauern die Baumwurzeln zu bearbeiten. Die Wurzeln eines Regenwaldbaumes sind ähnlich denen der Riesensequoias in Kalifornien extrem lang, und sie liegen praktisch auf der Erdoberfläche. »Ich würde sagen, die haben so was schon öfter gemacht«, sinnierte Navarro. »Was meinen Sie, wie lange werden sie brauchen?«

»Bestimmt nicht sehr lange.«

Hamilton hob seine Pistole und erschoß ein übereifriges *quiexada*. Das tote Tier stürzte in den Fluß. Innerhalb von Sekunden schäumte die gerade noch unbeweglich glatte Wasserfläche von Myriaden kleiner Wellen, und ein hohes, durch Mark und Bein gehendes, summendes Sirren ertönte, als die nadelspitzen Zähne der gefräßigen Piranhas das *quiexada* bis auf die Knochen abnagten.

Navarro räusperte sich. »Sie hätten vielleicht nicht gerade eins erschießen sollen, das so dicht am Wasser war.«

»*Quiexada* auf der einen, Piranhas auf der anderen Seite«, sagte Hamilton. »Sie sehen nicht zufällig eine Boa constrictor irgendwo in den Ästen lauern?«

Unwillkürlich spähte Navarro nach oben und dann wieder hinab zu den Wildschweinen, die ihre Anstrengungen verdoppelt hatten. Beide Männer begannen zu schießen, und innerhalb von Sekunden lag ein Dutzend *quiexada* tot am Boden.

»Wenn ich das nächste Mal auf Wildschweinjagd gehe – falls es überhaupt ein nächstes Mal gibt –, dann nehme ich gleich eine Maschinenpistole mit. Mein Magazin ist leer.«

»Meins auch.«

Der Anblick ihrer toten Gefährten schien den Blutrausch der Wildschweine nur noch zu steigern. Mit rasender Wut hackten sie an den Wurzeln herum und hatten schon mehrere von ihnen durchtrennt.

»Señor Hamilton«, sagte Navarro, »entweder zittere ich so stark, oder der Baum wird allmählich . . . Wie sagt man doch?«

»Wacklig.«

»Wacklig.«

»Genau das ist es. Der Baum gibt nach.«

Ein Schuß fiel, und ein Wildschwein sank tot zu Boden. Hamilton und Navarro fuhren herum und blickten in die Richtung, aus der sie gekommen waren. Kaum vierzig Meter entfernt erkannten sie Ramon, der irgend etwas auf dem Rücken schleppte. Vorsichtshalber war er unmittelbar neben einem Baum mit tiefreichenden Ästen stehengeblieben. Er feuerte stetig und mit tödlicher Genauigkeit. Plötzlich war ein leeres Klicken zu hören. Hamilton und Navarro sahen einander nachdenklich an, Ramon jedoch blieb völlig gelassen. Er langte in seine Tasche, holte ein neues Magazin heraus, schob es ins Gewehr und drückte ab. Nach drei weiteren Schüssen dämmerte es den *quiexada* endlich, daß sie sich

abschlachten ließen, ohne etwas damit zu erreichen. Die Überlebenden machten kehrt und trotteten in den Wald zurück.
Die drei Männer schleppten mit vereinten Kräften ein *quiexada* ins Lager zurück. Ramon berichtete: »Ich hörte die Schießerei, deswegen bin ich gekommen. Und habe selbstverständlich reichlich Munition mitgebracht.« Ohne eine Miene zu verziehen, tätschelte er seine prallen Taschen; dann zuckte er entschuldigend die Achseln. »Meine Schuld. Ich hätte euch nicht allein losziehen lassen dürfen. Man muß ein echter Waldläufer sein, um . . .«
»Geschenkt«, unterbrach ihn Hamilton. »Klug von Ihnen, meinen Rucksack mitzubringen.«
Feierlich entgegnete Ramon: »Man soll die Schwachen nicht in Versuchung führen.«
»Ach, halt doch den Mund!« sagte Navarro. Dann wandte er sich in gespielter Verzweiflung an Hamilton: »Er war, weiß Gott, schon früher unleidlich. Aber jetzt, nach dieser Heldentat . . .«

Das Feuer brannte hell und freundlich auf der kleinen Lichtung, und auf einem Bett glühender Kohlen brutzelten die Wildschweinsteaks.
»Ich sehe ja ein«, meinte Smith, »daß die Schießerei nötig war. Aber wenn die Horena tatsächlich in der Nähe sind, nun ja, die Ballerei muß doch jedes Wesen im Umkreis von Meilen alarmiert haben.«
»Keine Angst«, antwortete Hamilton. »Bei Nacht

würde kein Horena angreifen. Wenn er nämlich in der Nacht umkommt, muß seine Seele auf ewig im Jenseits umherirren. Seine Götter müssen sehen, wie er stirbt, um ihn in die ewigen Jagdgründe aufzunehmen.« Mit dem Messer probierte er, ob die Steaks durch waren. »Ich würde sagen, die sind jetzt soweit.« Durch oder nicht, die Steaks wurden mit Heißhunger verschlungen, und als alle satt waren, sagte Hamilton: »Wenn sie eine Woche abgehangen wären, hätten sie besser geschmeckt, aber dennoch köstlich, wirklich köstlich. Und jetzt wird geschlafen. Bei Morgengrauen brechen wir auf. Ich übernehme die erste Wache.«

Sie trafen ihre Vorbereitungen für die Nacht; einige legten sich auf wasserdichte Zeltbahnen, andere in superleichte Hängematten, die am Rand der Lichtung zwischen den Bäumen aufgehängt wurden. Hamilton warf so lange Holz aufs Feuer, bis die Flammen fast drei Meter hoch gen Himmel schlugen. Mit der Machete bewaffnet zog er dann los, um noch mehr Holz zu sammeln. Wenig später kam er mit einem Armvoll Äste zurück, die er fast alle in das bereits lichterloh brennende Feuer warf.

»Sie verstehen es, ein Freudenfeuer anzuzünden«, sagte Smith grämlich. »Aber was soll das?«

»Sicherheitsmaßnahme. Hält uns die Kriechtiere vom Hals. Wilde Tiere fürchten das Feuer.« Wie sich herausstellen sollte, hatte er diesmal nur halb recht.

Er kehrte gerade zum drittenmal mit einem Armvoll

Brennholz ins Lager zurück, als er einen durchdringenden Angstschrei vernahm. Sofort ließ er seine Last fallen und lief auf die hell erleuchtete Lichtung hinaus. Er wußte, daß dieser schrille Schrei nur von Maria kommen konnte. Als er sich ihrer Hängematte näherte, sah er den Grund für ihre Panik. Eine riesige Anaconda, mindestens neun Meter lang, klammerte sich mit dem Schwanz noch an einen der Bäume, an denen Marias Hängematte befestigt war, hatte ihren Oberkörper jedoch schon einmal um die Verankerung ihrer Hängematte gewickelt. Maria war noch nicht im Würgegriff der Schlange, doch die Angst lähmte sie so, daß sie sich nicht rühren konnte. Die Anaconda hatte ihr riesiges Maul weit aufgerissen.

Es war nicht Hamiltons erste Anaconda, und er empfand der Schlange gegenüber nicht mehr als gutmütigen Respekt. Ein ausgewachsenes Exemplar kann eine Beute von bis zu achtundsechzig Kilo in einem Stück verschlingen. Doch während sie eine schier endlose Geduld beweisen und sehr listig sein können, wenn es darum geht, der nächsten Mahlzeit aufzulauern, sind sie außerordentlich langsam, wenn es ums Zupacken geht. Während Maria in wahnwitzigem Entsetzen weiterschrie, näherte er sich dem furchterregenden Kopf bis auf ein paar Schritte. Auch eine Anaconda war nicht zäh genug, drei Lugerkugeln im Kopf zu überleben. Sie starb sofort, doch noch im Tod schob sich ihr Schwanz über die Knöchel der jungen Frau und zog sie fester zusammen. Hamilton bemühte sich vergeblich, den schleimigen Knoten zu lösen. Plötzlich war Ramon neben ihm, schob ihn beiseite und setzte zwei Kugeln so präzise in den Leib des Tieres, daß der Hauptrückenmarksnerv durchtrennt wurde. Sofort erschlaffte die Anaconda.

Hamilton trug Maria zu seiner Zeltbahn dicht am Feuer. Sie befand sich immer noch im Zustand des Schocks. Einen Patienten unter Schockeinwirkung muß man warm halten. Hamilton wußte das. Kaum sah er sich suchend um, da ließ sich Ramon auch schon neben ihm auf die Knie nieder und entrollte einen Schlafsack. Gemeinsam bugsierten sie das Mädchen hinein, zogen den Reißverschluß zu und setzten sich dann geduldig zu ihr. Navarro gesellte sich zu ihnen. Mit dem Daumen zeigte er auf Smiths reglose Gestalt.

»Schauen Sie sich unseren tapferen Helden an«, spöttelte er. »Der und schlafen? Der Mann ist hellwach, die ganze Zeit. Ich habe ihn genau beobachtet.«

»Du hättest uns beobachten sollen«, beschwerte sich Ramon.

»Wenn ihr beide, du und Señor Hamilton, nicht mehr mit einem trägen Reptil fertig werden könnt, dann wird es Zeit, daß wir uns alle zur Ruhe setzen. Ich habe sein Gesicht gesehen; der Mann hatte eine Todesangst und schien sich vor Schreck nicht bewegen zu können. Oder vielleicht wollte er es auch gar nicht. Ist das Mädchen verletzt?«

»Nicht körperlich«, antwortete Hamilton. »Ich fürchte, daß ich an dem ganzen Unglück schuld bin. Ich habe das Feuer angefacht, um die wilden Tiere abzuschrecken. An Schlangen hatte ich nicht gedacht. Aber natürlich haben die genauso Angst vor dem Feuer wie alle anderen Tiere. Die Anaconda hier wollte bloß auf und davon. Es war einfach ein verteufeltes Pech, daß sie ausgerechnet auf dem Baum lag, an dem Marias Hängematte befestigt war. Ich bin sicher, daß ihr nichts geschehen wäre. Die Schlange wollte nur von ihrem angeleuchteten Baum flüchten. Ihr Bauch ist ziemlich dick, und sie brauchte die nächsten vierzehn Tage bestimmt nichts zu essen. Aber auch abgesehen davon war sie vermutlich nur darauf konzentriert, so schnell wie möglich von hier zu verschwinden. Sehr bedauerlich, das Ganze, aber es ist wenigstens niemand zu Schaden gekommen.«

»Vielleicht nicht«, entgegnete Ramon. »Hoffen wir's.«

»Was heißt hier hoffen?« fragte Hamilton erstaunt.

»Trauma«, erklärte Ramon. »Wie tief geht ein Trauma? Für Maria ist das zweifellos ein traumatisches Erlebnis gewesen. Aber nach meiner Meinung ist der akute Vorfall nebensächlich. Ich habe das Gefühl, daß ihr ganzes bisheriges Leben ein Trauma war.«

»Stürzen Sie sich jetzt etwa in die tiefen Gewässer von Psychologie und Psychiatrie und solchem Kram, Ramon?« Hamilton stellte seine Frage durchaus ernsthaft.

»Ich bin genau Ramons Meinung«, sprang Navarro seinem Bruder bei. »Zwillinge, wissen Sie, gleiche Instinkte«, ergänzte er entschuldigend. »Irgend etwas stimmt da nicht oder ist nicht so, wie es zu sein scheint. Ihr Verhalten, die Art, wie sie redet und lächelt – es fällt mir schwer zu glauben, daß sie nur eine geldgierige Hure sein soll. Von Smith *wissen* wir, daß er einen miesen Charakter hat. Aber sie? Sie mag ihn nicht, das sieht ein Blinder. Also, was geht da vor?«

»Nun ja«, meinte Hamilton sarkastisch, »er hat schließlich einiges zu bieten . . .«

»Achte nicht auf Señor Hamilton«, warnte Ramon. »Er will uns nur provozieren.«

Navarro nickte zustimmend, dann sagte er: »Ich glaube, sie ist irgendwie seine Gefangene.«

»Möglich«, entgegnete Hamilton. »Schon möglich. Aber ist einer von euch vielleicht mal auf den Gedanken gekommen, daß *er* auch *ihr* Gefangener sein könnte, ohne es überhaupt zu ahnen?«

Navarro sah zuerst bedeutungsvoll seinen Bruder an, dann warf er Hamilton einen vorwurfsvollen Blick zu. »Da haben wir's wieder mal, Señor Hamilton. Sie wissen etwas, wovon wir keine Ahnung haben, und lassen uns im Dunkeln tappen.«

»Ich weiß nicht mehr als ihr, und es fällt mir nicht ein anzunehmen, daß ich einen schärferen Blick habe und womöglich ein bißchen schneller denke als ihr. Aber ihr seid ja schließlich noch sehr jung.«

»Jung?« Navarro war tief gekränkt. »Wir stehen doch schon auf der falschen Seite von dreißig.«

»Das meine ich ja.« Er legte den Finger an die Lippen. Maria regte sich. Sie schlug die Augen auf, die sich in der Erinnerung gleich wieder vor Angst und Entsetzen weiteten. Hamilton berührte sie sanft an der Schulter.

»Alles wird gut«, sagte er leise. »Es ist alles vorbei.«

»Dieser grauenhafte, entsetzliche Kopf!« Ihre Stimme war nur ein heiseres Flüstern, und sie zitterte am ganzen Körper. Ramon stand auf und ging davon. »Diese gräßliche, riesige Schlange . . .«

»Die Schlange ist tot«, sagte Hamilton. »Und Ihnen ist nichts geschehen. Wir versichern Ihnen, daß Ihnen nie etwas geschehen wird.«

Sie lag mit geschlossenen Augen da und atmete sehr flach. Als Ramon wiederkam und sich neben ihr hinkniete, öffnete sie die Augen wieder. Er hielt in einer Hand einen Aluminiumbecher, in der anderen eine Flasche.

»Was haben wir denn da?« fragte Hamilton.

»Ah, den allerbesten Cognac«, erwiderte Ramon. »Stammt nämlich aus Smiths Privatbeständen.«

»Ich mag jetzt keinen Alkohol«, protestierte sie.

»Ramon hat recht. Sie sollten ihn trinken. Sie brauchen ihn.«

Ramon schenkte reichlich ein. Sie probierte, hustete, kniff die Augen zu und leerte den Becher in zwei großen Schlucken.

»Braves Mädchen«, lobte Hamilton.

»Scheußliches Zeug!« entgegnete sie. Dann lächelte sie Ramon an. »Aber trotzdem vielen Dank. Ich fühle mich tatsächlich schon besser.« Als sie sich auf der Lichtung umblickte, stieg wieder die Angst in ihren Augen auf. »Diese Hängematte ...«

»Sie werden nicht mehr darin schlafen«, versicherte Hamilton. »Jetzt wären Sie dort zwar absolut sicher, es war einfach Pech, daß die Anaconda ausgerechnet auf dem Baum lag, an dem Ihre Hängematte befestigt war. Aber natürlich brauchen Sie nicht wieder dahin zurück. Sie liegen jetzt in Ramons Schlafsack und auf meiner Zeltbahn. Und genau da werden Sie bleiben. Wir werden die ganze Nacht ein helles Feuer unterhalten, und bis zum Sonnenaufgang wird immer abwechselnd einer von uns auf Sie aufpassen. Ich verspreche Ihnen, daß nicht mal ein Moskito in Ihre Nähe kommen wird.«

Ganz langsam wanderten ihre Augen von einem zum anderen. Endlich sagte sie mit belegter Stimme: »Sie sind alle drei so nett zu mir.« Sie versuchte zu lächeln, aber es gelang ihr nicht recht. »Eine Jungfrau in Gefahr behüten – ist das Ihr Motiv?«

»Vielleicht wollen wir doch ein bißchen mehr«, sagte Hamilton. »Aber jetzt ist nicht der richtige Zeitpunkt, um davon zu sprechen. Versuchen Sie jetzt ganz einfach zu schlafen – Ramon wird Ihnen noch mal mit einem kräftigen Schluck Cognac nachhelfen. Verdammt!«

Smith, der offensichtlich glaubte, lange genug sicheren Abstand gewahrt zu haben, kam auf sie zu, und seine ganze Haltung drückte aus, wie sehr er die Tatsache, daß die drei Männer sich so intensiv um Maria kümmerten, mißbilligte. Als er sich neben sie hockte, stand Hamilton auf, musterte ihn kurz, machte wortlos kehrt und ging davon. Die Zwillinge folgten ihm auf den Fersen.

»Señor Hamilton«, sagte Ramon. »*Quiexada*, Piranhas, eine Anaconda, ein unglückliches Mädchen und ein Schurke. Einen so himmlischen Rastplatz in so erlesener Gesellschaft zu finden, das ist eine Gabe, die nicht vielen verliehen wurde.«

Hamilton sah ihn nur stumm an und stapfte zurück in den Wald, um eine Ladung Brennholz zu holen.

Am nächsten Morgen führte Hamilton seinen kleinen Trupp im Gänsemarsch durch den Regenwald und endlich wieder auf festen Boden. Das Gelände stieg nämlich allmählich, aber stetig an, und der Grundwasserspiegel lag inzwischen weit unter ihnen. Nach einem Marsch von etwa zwei Stunden machte Hamilton halt und wartete, bis sich die anderen um ihn geschart hatten.

»Von nun an«, warnte Hamilton, »kein Wort mehr! Keinen Laut. Und passen Sie auf, wohin Sie treten. Ich möchte nicht mal das Knacken des kleinsten Zweiges hören. Kapiert?« Er sah Maria an, die bleich und erschöpft wirkte. Zwar war der Marsch nicht mehr anstrengend. Aber das Erlebnis der letzten Nacht hatte tatsächlich so nervenzerrüttend auf sie gewirkt, wie Ramon es prophezeit hatte. Sie hatte bis zum Morgen kein Auge mehr zugetan. »Es ist nicht mehr weit. Höchstens eine halbe Stunde, dann werden wir rasten und am Nachmittag weitermarschieren.«

»Ich fühle mich wohl«, behauptete sie. »Ich fange nur langsam an, diesen Regenwald zu hassen. Aber jetzt werden Sie vermutlich sagen, ich hätte ja nicht mitzukommen brauchen.«

»Auf jedem Baum eine Schlange, was?« Sie nickte. »Sie brauchen keine Angst mehr zu haben«, versicherte Hamilton. »Von nun an werden Sie keine Nacht mehr im Wald verbringen müssen. Das ist ein Versprechen.«

»Ich hoffe«, kalkulierte Tracy bedächtig, »daß das nur eins bedeuten kann. Wir werden heute abend in der Verlorenen Stadt sein, oder?«

»Wenn alles so läuft wie geplant, ja.«

»Sie wissen also, wo wir sind?«

»Ja.«

»Und Sie haben es schon gewußt, als wir das Luftkissenboot verlassen mußten.« Das war keine Frage mehr, sondern eine sachliche Feststellung.

»Stimmt. Woher wissen Sie das?«

»Weil Sie seitdem nicht ein einziges Mal den Kompaß benutzt haben.«

Fast genau eine halbe Stunde später legte Hamilton den Finger an die Lippen, blieb stehen und wartete darauf, daß die anderen aufholten. Dann sprach er im Flüsterton zu ihnen.

»Bei Ihrem Leben, keinen Laut! Halten Sie sich versteckt, bis ich Ihnen Bescheid gebe. Auf alle viere runter, bitte; und dann hinlegen, flach liegenbleiben, bis ich mich melde.«

Und auf Händen und Knien krochen sie schweigend weiter. Hamilton warf sich der Länge nach hin und schob sich auf Ellbogen und Zehenspitzen behutsam vorwärts. Abermals hielt er an und wartete, bis die anderen nachgekommen waren. Er deutete nach vorn, auf eine kleine Lichtung zwischen den Bäumen. In einem üppigen, grünen Tal unter ihnen lag ein Indiodorf. Es bestand aus Dutzenden von geräumigen Hütten mit einer sehr großen Versammlungshütte in der Mitte, die sicher mühelos mindestens zweihundert Personen faßte. Das Dorf schien menschenleer. Plötzlich jedoch tauchte ein kupferfarbenes Kind mit einer Feuersteinaxt und einer Nuß auf, die es auf einen flachen Stein legte und mit der Axt zu bearbeiten begann. Es war eine Szene wie aus der Steinzeit, aus der Frühgeschichte der Menschheit. Jetzt kam aus einer Hütte eine lachende Frau von großer kräftiger Statur und hob das Kind auf.

Langsam, voll Staunen sagte Tracy: »Diese Hautfarbe? Diese Züge? Das sind doch keine Indios.«

»Sprechen Sie leise«, drängte Hamilton. »Doch, es

sind Indios, aber sie stammen nicht aus dem Amazonasbecken. Sie kommen vom Pazifik.«

Tracy starrte ihn an, noch immer fassungslos vor Staunen, und schüttelte den Kopf.

Plötzlich strömten Dutzende von Menschen aus der Versammlungshütte. Die Tatsache, daß sich unter ihnen ebenso viele Frauen wie Männer befanden, deutete ebenfalls darauf hin, daß sie keine Amazonasindios waren. Bei den Stämmen im Amazonasbecken dürfen die Frauen normalerweise den Versammlungsort von Ältesten und Kriegern nicht betreten.

Alle hatten die gleiche kupferfarbene Haut, alle zeigten dieselbe stolze, beinahe königliche Haltung. Sie verstreuten sich in den umliegenden Hütten.

Smith berührte Hamilton am Arm und fragte leise: »Was sind das für Menschen?«

»Das sind die Muscia.« Smith erbleichte.

»Verdammt, die Muscia!« stieß er wütend, aber im Flüsterton hervor. »Was, zum Teufel, treiben Sie für ein Spiel mit uns? Kannibalen genau vor unserer Nase! Ich verschwinde.«

»Wohin denn, Sie Spaßvogel? Sie können doch nirgendwo hin. Bleiben Sie hier. Und lassen Sie sich auf keinen Fall, auf gar keinen Fall blicken.«

Dieses Rates hätte es nicht bedurft. Offenbar hegte keiner die Absicht, sich vor den Muscia blicken zu lassen.

Hamilton erhob sich und schritt selbstbewußt auf die

Lichtung hinaus. Er hatte mindestens zehn Schritte zurückgelegt, bevor man ihn bemerkte. Ein plötzliches Schweigen entstand, das Stimmengewirr verstummte, doch gleich darauf setzte es mit doppelter Lautstärke wieder ein. Ein auffallend hochgewachsener, alter Indio, dessen Arme bis zu den Ellbogen mit goldenen Reifen bedeckt waren, stutzte und kam dann in sichtlicher Erregung herbeigelaufen. Er und Hamilton umarmten einander.

Der Alte, wohl der Häuptling des Stammes, begann mit Hamilton ein angeregtes, den Lauschern völlig unverständliches Gespräch. Der Häuptling schüttelte wiederholt mit ungläubigem Gesichtsausdruck den Kopf, worauf Hamilton jedesmal um so energischer nickte. Plötzlich streckte Hamilton den rechten Arm aus, beschrieb einen Halbkreis und hielt den Arm unvermittelt starr in der Luft. Der Häuptling musterte ihn lange, ergriff ihn bei beiden Armen, lächelte und nickte. Dann wandte er sich um und sprach rasch und eindringlich auf seine Leute ein.

»Ich würde wetten«, meinte Tracy, »die Herren kennen sich.«

Der Häuptling beendete die Ansprache an seinen Stamm, der sich inzwischen vollzählig auf der Lichtung versammelt hatte. Dann sagte er etwas zu Hamilton, der nickte und sich umdrehte.

Er rief seinen wartenden Begleitern zu: »Sie können jetzt kommen. Aber Hände weit weg von jeglicher Waffe.«

Benommen und ohne zu begreifen, was geschah, traten die übrigen Expeditionsteilnehmer auf die Lichtung hinaus.

»Das ist Häuptling Corumba«, stellte Hamilton vor. Dann nannte er der Reihe nach die Namen der acht Weißen. Der Häuptling begrüßte jeden einzelnen feierlich mit Handschlag.

»Aber Indios geben niemandem die Hand.«

»Dieser schon.«

Maria berührte Hamiltons Arm. »Aber diese wilden Kannibalen . . .«

»Sind die freundlichsten, sanftesten, friedlichsten Menschen der Welt. In ihrer Sprache gibt es kein Wort für Krieg, weil sie nicht wissen, was Krieg ist. Sie sind die verlorenen Kinder eines verlorenen Zeitalters. Ihre Vorfahren haben die Verlorene Stadt erbaut.«

»Und ich dachte, ich wüßte mehr über die Indiostämme des Mato Grosso als jeder andere.«

»Das dürfte stimmen, Serrano, das dürfte stimmen. Wenn auch Colonel Diaz anderer Meinung ist.«

»Colonel Diaz?« fragte Smith. Er begriff offenbar überhaupt nichts mehr. »Wer ist Colonel Diaz?«

»Ein Bekannter von mir.«

»Aber dieser schreckliche Ruf, in dem der Stamm steht . . .«, begann Tracy.

»Ein Märchen, erfunden von Dr. Hannibal Huston, dem Mann, der diesen Stamm entdeckte. Er dachte, der Ruf besonderer Gefährlichkeit werde ihnen –

wie soll ich sagen? – ein bißchen Schutz vor Belästigungen gewähren.«
»Huston?« erkundigte sich Hiller. »Huston? Sie ... Sie haben Huston gefunden?«
»Vor Jahren schon.«
»Aber Sie sind doch erst seit vier Monaten im Mato Grosso.«
»Ich kenne den Mato Grosso seit vielen Jahren. Erinnern Sie sich, daß Sie im Hotel de Paris von Romono meine Suche nach dem Goldenen Volk erwähnten? Ich vergaß, Ihnen zu sagen, daß ich die ebenfalls schon vor Jahren gefunden habe. Hier sind sie. Die Kinder der Sonne.«
»Und Dr. Huston ist immer noch in der Verlorenen Stadt?« fragte Maria.
»Ja, er ist noch dort. Kommen Sie, ich glaube, diese guten Leute wollen uns ihre Gastfreundschaft beweisen. Zunächst jedoch schulde ich Ihnen eine kurze Erklärung.«
»Höchste Zeit«, bemerkte Smith. »Warum dieses ganze Theater und die Heimlichtuerei vorhin?«
»Weil sie, wenn wir uns als Gruppe genähert hätten, sofort davongelaufen wären. Sie haben nämlich allen Grund, sich vor Besuchern aus der Außenwelt zu fürchten. Wir, die man ironischerweise als zivilisiert bezeichnet, obwohl sie in allem wirklich Entscheidenden verdammt zivilisierter sind als wir, wir also bringen ihnen den sogenannten Fortschritt, der ihnen Schaden zufügt, unsere sogenannten Neuerun-

gen, die ihnen Schaden zufügen, die sogenannte Zivilisation, die ihnen noch größeren Schaden zufügt, und Krankheiten, an denen sie sterben. Diese Menschen haben keine natürlichen Abwehrstoffe gegen Masern oder Influenza beispielsweise. Beide Krankheiten sind für sie, was im Mittelalter die Pest für Europäer und Asiaten war. Ein halber Stamm kann innerhalb von zwei Wochen ausgelöscht werden. Dasselbe geschah mit den Bewohnern von Feuerland. Keusche Missionare schenkten ihnen einfache Kleidung, hauptsächlich, damit die Frauen ihre Blöße bedecken konnten. Die Sachen kamen aus einem Krankenhaus, in dem es eine Masernepidemie gegeben hatte. Die meisten Feuerländer starben.«

»Aber unsere Anwesenheit hier«, gab Tracy zu bedenken. »Die bringt sie doch auch wieder in Gefahr.«

»Nein. Beinahe die Hälfte der Muscia gingen an Masern, Influenza oder einer Kombination von beidem zugrunde. Diese Leute hier sind die Überlebenden, die sich auf die harte Tour eine natürliche Immunität erworben haben. Wie ich schon sagte, war es Dr. Huston, der sie entdeckte. Er war vor allem als Forscher berühmt. Aber sein eigentliches Steckenpferd lag anderswo. Er war einer der ersten weißen *sertanistas* – das sind Dschungel-Pfadfinder. Und er war Gründungsmitglied der FUNAI, der Nationalstiftung zum Schutze der Indios. Die Stiftung hat ihre Arbeit dem Schutz der Indios gewidmet und versucht, sie vor den Auswüchsen der Zivilisation zu bewahren. Gewiß, einige Stämme waren und sind wirklich gefährlich. Es gibt heute nicht einmal mehr zweihunderttausend reinrassige Indios. Ihre Angriffslust entsprang freilich meist der Angst, und die war nur zu berechtigt. Selbst in unserer modernen, angeblich so humanen Zeit sind die Eingeborenen von eroberungswütigen Eindringlingen aus der sogenannten Zivilisation erbarmungslos mit Maschinengewehren niedergemäht, mit Dynamit aus der Luft beworfen und mit vergifteten Lebensmitteln umgebracht worden.«

»Das ist mir alles völlig neu«, warf Smith ein. »Und ich lebe schon viele Jahre in diesem Land. Offen gestanden kann ich Ihre grausamen Geschichten kaum glauben.«

»Serrano wird sie Ihnen bestätigen.«

»Ja, es ist beides wahr. Ich nehme an, auch Sie sind ein *sertanista*?«

»Ja. Ein nicht immer leichter Beruf. Wir haben unsere Fehlschläge. Die Chapate und die Horena sind, wie Sie selbst erfahren haben, alles andere als begeistert von der Idee, mit der Außenwelt zusammenzuarbeiten. Und wir bringen ihnen unweigerlich, genau wie diesen Indios hier, unsere Krankheiten. Aber kommen Sie, Häuptling Corumba bittet zu Tisch. Es mag ein bißchen komisch schmecken, aber ich kann Ihnen versichern, daß es keinem von Ihnen schaden wird.«

Eine Stunde später saßen die Besucher noch immer um einen rohen Holztisch vor der Versammlungshütte. Vor ihnen lagen die Reste eines ausgezeichneten, wenn auch recht ungewohnten Festmahls. Es hatte Wild gegeben und Fisch, Obst und andere, den meisten unbekannte Delikatessen, nach deren Bestandteilen sie sich vorsichtshalber nicht erkundigt hatten. Und alles war mit *cachassa*, einem starken, würzigen Gebräu, hinuntergespült worden. Zum Schluß bedankte sich Hamilton im Namen aller bei Häuptling Corumba und wandte sich dann an seine Begleiter.

»Es wird Zeit, daß wir aufbrechen.«

»Eines fasziniert mich hier«, sagte Tracy. »Ich habe in meinem ganzen Leben noch nie soviel Gold gesehen.«

»Dachte ich mir, daß Sie das fasziniert.«

»Woher kommen diese Leute?«

»Das wissen sie selbst nicht. Sie sind ein verlorenes Volk, das alles verloren hat, auch seine Geschichte. Dr. Hustons Theorie lautete, daß sie die Nachkommen der Chibcha seien, eines uralten Stammes aus dem Cauca- oder Magdalenatal in den westlichen Anden Kolumbiens.«

Smith starrte ihn an. »Wie kommen sie aber dann, um Himmels willen, hier her?«

»Das weiß kein Mensch. Huston glaubte, daß sie ihre Heimat vor vielen hundert Jahren verlassen haben. Seine These lautet, daß sie nach Osten geflohen sind, das Quellgebiet des Amazonas fanden und bis zum Rio Tocantis zogen, dann dem Flußlauf folgten bis zum Araguaia und schließlich den Rio da Morte hinaufwanderten. Aber wer kann das mit Bestimmtheit sagen? Es hat freilich schon seltsamere Völkerwanderungen gegeben. Möglicherweise haben sie Generationen dazu gebraucht, denn sie hatten all ihre Habseligkeiten mitzuschleppen. Ich jedenfalls glaube an diese Theorie. Warten Sie, bis Sie die Verlorene Stadt sehen, und Sie werden verstehen, warum.«

»Wie weit ist es noch bis zu dieser verdammten Stadt?« fragte Smith.

»Fünf Stunden. Sechs.«

»Fünf Stunden!«

»Eine bequeme Tour. Bergauf zwar, aber keine Sümpfe, kein Treibsand.« Er wandte sich an Häuptling Corumba, der ihm zulächelte und ihn abermals herzlich umarmte.

»Wünscht er uns Glück?« wollte Smith wissen.

»Unter anderem. Morgen werde ich ein ausführliches Gespräch mit ihm führen.«

»Morgen?«

»Ja. Warum nicht?«

Smith, Tracy und Hiller tauschten einen kurzen Blick. Keiner der drei antwortete. Bevor sie sich auf den Weg machten, sagte Hamilton leise zu Maria: »Bleiben Sie bei diesen Leuten. Sie werden sich um Sie kümmern, das verspreche ich Ihnen. Der Ort, wo wir jetzt hingehen, ist nichts für Damen.«

»Ich komme mit.«
»Wie Sie wollen. Sie haben die besten Aussichten, die Nacht nicht zu überleben.«
»Sie mögen mich wohl nicht, wie?«
»O doch! Jedenfalls genug, um Sie zu bitten, hierzubleiben.«
Maria ging wortlos hinter ihm her.

Am späten Nachmittag waren Hamilton und seine Gruppe immer noch unterwegs. Der Boden unter ihren Füßen erleichterte das Gehen. Er war trocken, laubbedeckt und federte angenehm.
Unglücklicherweise für Smith ging es steil bergauf. Zudem herrschte drückende Hitze.
»Ich denke, wir machen hier eine halbe Stunde Rast«, schlug Hamilton vor. »Wir sind unserem Zeitplan voraus – wir können erst in die Stadt hinein, wenn es dunkel ist. Außerdem haben einige von Ihnen eine Verschnaufpause nötig.«
»Da haben Sie verdammt recht«, entgegnete Smith. »Wie lange wollen Sie uns denn noch martern?«
Er sank erschöpft auf den Boden und trocknete sich das schweißüberströmte Gesicht mit einem großen Taschentuch. Er war nicht der einzige, der das tat. Mit Ausnahme von Hamilton und den Zwillingen schienen alle unter Atemnot und bleischweren, schmerzenden Gliedern zu leiden. Hamilton hatte wahrhaftig ein flottes Tempo angeschlagen.
»Sie haben sich sehr gut gehalten, Sie alle«, lobte er

jetzt. »Obwohl Sie vielleicht noch besser vorangekommen wären, wenn Sie unten im Dorf nicht wie die Schweine geschlungen und getrunken hätten. Wir sind seitdem über sechshundert Meter gestiegen.«
»Wie lange noch?« fragte Smith stockend.
»Von hier bis ganz nach oben? Ungefähr eine halbe Stunde. Länger nicht. Danach müssen wir allerdings noch ein bißchen klettern – zwar bergab, aber ganz schön steil.«
»Eine halbe Stunde?« wiederholte Smith. »Das ist gar nichts.«
»Warten Sie, bis der Abstieg beginnt.«

»Die letzte Etappe«, verkündete Hamilton. »Wir sind zehn Meter vom Rand eines Abgrunds entfernt. Jeder, der nicht schwindelfrei ist, sollte das lieber jetzt sagen.«
Falls jemand nicht schwindelfrei war, behielt er es jedenfalls für sich. Hamilton kroch voran. Die anderen folgten. Plötzlich machte Hamilton halt und winkte die anderen herbei.
»Sehen Sie's?« fragte er.
»Großer Gott!« rief Smith.
»Die Verlorene Stadt!« seufzte Maria.
»Shangri-la!« sagte Tracy.
»Eldorado«, murmelte Hamilton.
»Wie bitte?« fragte Smith. »Was war das?«
»Ach, eigentlich nichts. Eldorado hat man nie gefunden. Das Wort bedeutet ›der Vergoldete‹. Es gehörte

zum religiösen Brauchtum der Chibchas, den neugekrönten Herrscher mit Goldstaub zu bedecken, den er dann im heiligen See von Guatavita abwusch, als Opfer für die Götter. Sehen Sie dort hinten diese seltsame Stufenpyramide mit der abgeflachten Spitze?«

Alle bejahten. Die Pyramide war das beherrschende Zentrum der Verlorenen Stadt.

»Sie ist einer der drei Gründe dafür, daß Huston vermutete, die Kinder der Sonne kämen ursprünglich aus Kolumbien. Diese Art von Pyramiden bezeichnet man als Zikkurat. In alttestamentlicher Zeit sahen so die Tempeltürme in Babylonien, bei den Sumerern oder in Assyrien aus. In der Alten Welt findet man keine Spur mehr von ihnen. Die ägyptischen Pyramiden entstammten einer anderen Kulturauffassung.«

Als wüßte er es nicht besser, erkundigte sich Tracy: »Dann ist das die einzige der Art, die es noch gibt?«

»Keineswegs. Es gibt gut erhaltene Stufenpyramiden in Mexico, Guatemala, Bolivien und Peru. Aber eben ausschließlich in Zentralamerika und dem nordwestlichen Südamerika. Sonst nirgends mehr außer hier, in der Verlorenen Stadt.«

»Dann müssen also Anden-Indios die Verlorene Stadt gebaut haben«, stellte Serrano fest. »Einen besseren Beweis gibt's wohl kaum.«

»Nicht für Sie. Aber ich habe einen.«

»Stichhaltig? Einen Beweis . . . Einen absolut sicheren Beweis?«

»Sie werden sehen.« Er deutete mit ausgestrecktem Arm hinüber. »Erkennen Sie die Treppe?«

Vom Flußbett bis zum Inselplateau war eine Steintreppe in die senkrecht abfallende Felswand gehauen. Selbst aus sicherer Entfernung wirkte ihr Anblick schwindelerregend.

»Zweihundertachtundvierzig Stufen«, erklärte Hamilton, »und jede etwa achtzig Zentimeter breit. Alle ausgetreten, glatt und schlüpfrig, und kein Geländer.«

»Wer hat die Stufen gezählt?« fragte Tracy.

»Ich.«

»Soll das heißen . . .«

»Jawohl. Aber ich würd's nicht noch einmal tun. Früher hat es einmal ein Geländer gegeben. Diesmal hatte ich alles Notwendige dabei, um einen Seilhandlauf anzubringen. Nur sind die Sachen nach unserem Unfall auf dem Luftkissenboot geblieben.«

»Mr. Hamilton!« flüsterte Silver eindringlich. »Mr. Hamilton!«

»Warum denn so aufgeregt?«

»Da drüben in den Ruinen hat sich was bewegt. Das könnte ich beschwören.«

»Das Adlerauge des Piloten, wie? Aber Sie haben recht. Da unten gibt's 'ne Menge Leute. Was glauben Sie wohl, warum ich nicht mit dem Hubschrauber hergeflogen bin?«

»Wohl keine Freunde von Ihnen, wie?« fragte Serrano.

»Nein.« Hamilton wandte sich an Smith. »Apropos Hubschrauber: Den Grundriß dieser Anlage brauche ich Ihnen nicht mehr zu erläutern. Den haben Sie ja bereits kennengelernt.«
»Ich verstehe Sie nicht.«
»Die Filmkassette, die Hiller mir für Sie hat stehlen müssen.«
»Ich weiß nicht, was . . .«
»Ich habe die Bilder vor einem Jahr geschossen. Und sie Hiller absichtlich als Köder vorgeworfen. Die Aufnahmen sind von einem Hubschrauber aus gemacht. Nicht schlecht für einen Amateur, nicht wahr?«
Smith beantwortete seine Frage nicht. Er, Hiller und Tracy sahen auf einmal sehr verlegen aus.
»Sehen Sie jetzt bitte nach links«, forderte Hamilton die Gruppe auf. »Dorthin, wo der Fluß sich gabelt und die Insel mit beiden Armen umfängt.«
In einer Entfernung von ungefähr einer halben Meile und etwa dreihundert Fuß unterhalb ihrer Position spannten sich spinnwebartig durchhängende und vielfach gewundene Seilstränge über den Abgrund. Sie führten vom Inselplateau bis zur halben Höhe der Klippe, auf der sich Hamilton und seine Gruppe befanden. Unmittelbar unter der Verankerung der Seile im Felsen ergoß sich ein kleiner Wasserfall in den Fluß.
»Eine Art Hängebrücke«, erklärte Hamilton. »Na ja, eine Lianen- oder Strohbrücke, wie Sie wollen.

Derlei Brücken werden normalerweise einmal im Jahr erneuert. Diese jedoch ist mindestens fünf Jahre alt. Muß sich inzwischen in einem beklagenswerten Zustand befinden.«

»Und?« erkundigte sich Smith. Die Besorgnis in seiner Stimme war nicht zu überhören.

»Da müssen wir drüber.«

Es folgte betretenes Schweigen.

Endlich sagte Serrano: »Ein weiterer Beweis für die Herkunft des Stammes aus den Anden, nicht wahr? Ich meine, im Mato Grosso gibt es doch keine Seilbrücken, nein, soweit ich weiß, gibt es die in ganz Brasilien nicht. Die Indios wissen nicht mal, wie man sie anfertigt. Und warum hätten sie es auch lernen sollen – sie brauchten ja in der Regel keine. Aber die Stämme, die in den unwegsamen Anden lebten, die mußten so etwas können.«

»Ich habe eine gesehen«, sagte Hamilton. »Am Apurimac, oben in Peru, ungefähr vier- bis fünftausend Meter hoch. Sie nehmen sechs dicke, geflochtene Strohstränge für die Haupthalteseile, vier für den Boden, zwei für die Handläufe. Mit dünneren Strängen werden die Seiten geschlossen. In den Boden wird dann eine Schicht Zweige so fein eingeflochten, daß nicht einmal ein kleines Kind hindurchfallen könnte. Solange solche Brücken neu sind, tragen sie Dutzende von Personen gleichzeitig. Diese hier ist leider nicht neu.«

Eine enge Felsspalte durchzog die Klippe im Winkel

von nahezu 60°. In diese Spalte stürzte ein kleiner, vermutlich von einer Quelle weiter oben gespeister Bach hinab und schäumte weiß von Felsnase zu Felsnase. Entlang der einen Seite der Klamm verlief eine Reihe roh behauener Stufen, die offensichtlich vor sehr langer Zeit in den Fels geschlagen worden waren.

Hamilton und sein Trupp begannen den Abstieg. Er war ziemlich mühsam, im Grunde jedoch nicht wirklich gefährlich, da Hamilton vorsichtshalber einige zähe Lianen zusammengebunden, das eine Ende um einen Baumstamm geknotet und das andere hinabgeworfen hatte.

Am Fuß der Klamm, unmittelbar über der Stelle, an der der Wasserfall in den Fluß hinabschoß, war aus der Felswand eine Plattform herausgehauen worden. Hamilton wartete bereits unten. Einer nach dem anderen stießen seine Begleiter zu ihm.

Hamilton untersuchte einen Steinpoller und einen Eisenpfosten, der in die Plattform versenkt worden war. An beiden waren drei ausgefranste Lianen befestigt. Hamilton zog sein Messer heraus und begann an dem Eisenpfosten zu schaben. Dicke, braune Schuppen sprangen ab.

»Sprechen Sie leise«, mahnte Hamilton. »Bißchen verrostet, finden Sie nicht?« Er wandte sich um und blickte über den Abgrund hin. Die anderen machten es ihm nach. Die Strohbrücke war schwach und uralt. Beide Handläufe und der Boden waren stark ausgefranst. Einige Seile schienen verrottet und einfach abgefallen zu sein.

»Nicht in allerbestem Zustand, was meinen Sie?« fragte Hamilton.

Smith starrte mit weit aufgerissenen Augen auf die Hängebrücke. »Großer Gott! Das ist ja Selbstmord! Nur ein Wahnsinniger würde das wagen. Erwarten Sie etwa, daß ich auf dem Ding da mein Leben riskiere?«

»Natürlich nicht. Warum sollten Sie auch? Sie sind ja nur wegen der Story und der Fotos hier. Dafür sein Leben aufs Spiel zu setzen, wäre verrückt. Ich will Ihnen was sagen. Geben Sie mir Ihre Kamera, und ich werde an Ihrer Stelle die Fotos schießen. Und außerdem: Die Leute da drüben haben vielleicht was gegen Eindringlinge.«

Smith verstummte für eine Weile, dann sagte er: »Ich bin ein Mensch, der das, was er anfängt, auch zu Ende bringt.«

»Das Ende könnte näher sein, als Sie ahnen. Inzwischen ist es dunkel genug. Ich gehe voran.«

»Señor Hamilton«, meldete sich Navarro, »ich bin viel leichter als Sie ...«

»Danke. Aber das ist ja gerade der springende Punkt. Ich bin ein schwerer Mann und trage einen schweren Rucksack. Wenn die Brücke mich aushält ... nun, dann müßten Sie alle heil rüberkommen.«

»Mir ist da gerade ein Gedanke gekommen«, sagte Ramon.

»Mir auch.« Damit ging er auf die Brücke zu.
»Was sollte das bedeuten?« fragte Maria.
»Er meint, daß drüben vielleicht ein Empfangskomitee wartet.«
»Ach so, ein Posten.«
Hamilton ging ruhig voran. Die Strohbrücke schwankte beängstigend und schaukelte von einer Seite zur anderen. Jetzt hatte Hamilton über die Hälfte der Strecke zurückgelegt. In der Mitte sackte die Brücke so stark durch, daß er sich nur mit Mühe halten konnte. Aber er erreichte wohlbehalten die Plattform am anderen Ende der Schlucht. Er mußte sich ducken, denn die Plattform lag dicht unter dem Plateau. Vorsichtig spähte er hinauf.
Es war tatsächlich eine Wache auf Posten. Aber der Mann schien seine Pflicht nicht allzu ernst zu nehmen. Er lag rauchend in einem Liegestuhl. Hamilton hob seinen abgewinkelten Arm bis auf Schulterhöhe. In der Hand, die er mit einem Taschentuch umwickelt hatte, hielt er sein schweres Messer. Der Posten sog genüßlich an seiner Zigarette, die Flamme beleuchtete sein Gesicht. Er gab keinen Laut von sich, als der Messergriff ihn zwischen die Augen traf. Er kippte einfach zur Seite und fiel aus dem Liegestuhl. Hamilton drehte sich um und ließ dreimal seine Taschenlampe aufblitzen. Innerhalb von Minuten folgten ihm die übrigen acht Expeditionsmitglieder herüber. Den Weg über die Seilbrücke schien offenbar keiner so recht zu genießen.

»Dann wollen wir mal dem Boß einen Besuch abstatten«, sagte Hamilton. Er hätte sich mit verbundenen Augen zurechtgefunden und führte die anderen schweigend durch die uralten Ruinen. Nach einer Weile blieb er stehen und zeigte nach vorn.
Dort stand eine große, relativ neue Holzbaracke, in der Licht brannte. Stimmen waren zu hören.
»Die Kaserne«, erklärte Hamilton. »Kantine und Stuben. Wachpersonal.«
»Wachpersonal?« erkundigte sich Tracy. »Warum?«
»Weil irgendwo einer mit einem schlechten Gewissen sitzt.«
»Was ist das für ein Geräusch?« fragte Smith.
»Ein Generator.«
»Und wohin jetzt?«
»Dorthin.« Wieder gab Hamilton die Richtung an. Am Fuß der riesigen Zikkurat stand ein zweites, wesentlich kleineres Holzgebäude. Auch darin brannte Licht.
»Dort wohnt der Mann mit dem schlechten Gewissen.« Hamilton schwieg einen Moment. »Der Mann, der jede Nacht spürt, wie Tote über sein Grab marschieren.«
»Mr. Hamilton . . .«, sagte Silver.
»Nichts, nichts. Ramon, Navarro. Sehen Sie was?«
»Allerdings«, gab Ramon zurück. »Im Schatten der Veranda stehen zwei Männer.«
Hamilton schien einen Moment zu überlegen. »Ich möchte wissen, was die beiden da machen.«

»Wir können ja hingehen und sie fragen.«

Ramon und Navarro verschmolzen mit den Schatten.

»Wer sind die beiden? Ihre Gehilfen, meine ich«, wollte Smith wissen. »Brasilianer sind das bestimmt nicht.«

»Nein.«

»Europäer?«

»Ja.«

Ramon und Navarro kehrten ebenso lautlos und unauffällig zurück, wie sie verschwunden waren.

»Nun?« erkundigte sich Hamilton. »Was haben sie gesagt?«

»Nicht viel«, antwortete Navarro. »Sie werden es uns vermutlich erzählen, wenn sie wieder aufwachen.«

9

In der kleineren Blockhütte gab es einen großen Wohn- und Eßraum. Die Wände waren mit deutschen Fahnen, Wimpeln, Porträts, Degen, Rapieren, Schußwaffen und Fotos geschmückt. An einem Tisch saß ein schwerer, rotgesichtiger Mann mit Hängebacken und verzehrte eine einsame Mahlzeit. Hin und wieder nahm er einen Schluck Bier aus einem Zinnkrug. Als plötzlich die Tür aufflog, hob er verwundert den Kopf.

Herein kam Hamilton, die Pistole in der Hand. Ihm folgte Smith mit den anderen.

»Guten Abend«, sagte Hamilton auf deutsch. »Ich habe Ihnen einen alten Freund mitgebracht, der Sie gern besuchen möchte.« Er nickte zu Smith hinüber. »Ich finde, alte Freunde sollten lächeln, sich die Hand reichen und sich begrüßen, wenn sie sich wiedersehen.«

Hamilton feuerte die Pistole ab. Die Kugel schlug ein Loch in den Schreibtisch.

»Bißchen nervös, Ihre Hände«, sagte Hamilton. »Ramon?«

Ramon ging um den Schreibtisch herum und griff eine Pistole aus einer halb geöffneten Schublade.
»Kontrollieren Sie die andere Schublade auch«, befahl Hamilton. Ramon gehorchte und fand eine zweite Waffe.
»Kann man Ihnen eigentlich nicht verübeln«, sagte Hamilton. »Es wimmelt heutzutage nur so von Dieben und Räubern. Na schön. So ein peinliches Schweigen stört mich einfach mächtig. Also werde ich Sie miteinander bekannt machen. Am Schreibtisch sitzt SS-Oberführer Wolfgang Mechtel, auch bekannt unter dem Namen Brown oder Jones. Hier neben mir steht SS-Standartenführer Heinrich Spatz, heute bekannt als Joshua Smith, ehemaliger Generalinspekteur der Konzentrations- und Vernichtungslager in Nord- und Mittelpolen. Beide Diebe von höchstem Format, beide die Mörder wehrloser, alter Mönche, beide Klosterplünderer. Erinnern Sie sich an Ihren letzten gemeinsamen Coup in dem griechischen Kloster, dessen Mönche sie verbrannt haben? Aber Menschenverbrennung war ja Ihre Spezialität, nicht wahr?«
Die beiden antworteten nicht, machten nicht einmal den Versuch, sich zu verteidigen. Im Raum herrschte absolute Stille. Alle wendeten sich fragend an Hamilton. Alle außer Spatz und Mechtel, die hatten nur Augen füreinander.
»Bedauerlich«, sagte Hamilton. »Höchst bedauerlich dieses Schweigen. Spatz ist schließlich den gan-

zen, weiten Weg bis hierher gekommen, nur um Sie wiederzusehen, Mechtel. Zugegeben, er ist gekommen, um Sie zu töten, aber er ist gekommen. Soviel ich weiß, hat das irgendwie mit einer stürmischen Nacht im Hafen von Wilhelmshaven zu tun.«
Der scharfe Knall einer kleinkalibrigen Pistole peitschte durch den Raum. Hamilton sah, wie Tracys schlaffer Hand ein Revolver entglitt, ehe der Körper des Toten langsam zu Boden sank. Maria hielt die Pistole in der Hand und war sehr blaß.
»Ich habe meine Waffe auf Sie gerichtet«, warnte Hamilton.
Sie schob ihre Pistole wieder in die Tasche ihrer Buschjacke. »Er wollte Sie umbringen.«
»Das stimmt«, bestätigte Ramon.
Hamilton starrte sie verdutzt an. »*Er* wollte *mich* umbringen, und *Sie* haben *ihn* erschossen?«
»Ich habe sehnsüchtig auf diese Gelegenheit gewartet.«
Nachdenklich sagte Navarro: »Ich glaube, die junge Dame ist ganz und gar nicht das, wofür wir sie hielten.«
»Sieht so aus.« Auch Hamilton war nachdenklich geworden. »Auf wessen Seite sind Sie eigentlich?«
»Auf Ihrer.«
Spatz wandte endlich seinen Blick von seinem Todfeind und starrte Maria ungläubig an. Sie sagte ruhig: »Manchmal ist es ziemlich schwierig, eine Jüdin von anderen Frauen zu unterscheiden.«

»Israeli?« fragte Hamilton.
»Ja.«
»Geheimdienst?«
»Ja.«
»Aha! Würden Sie Spatz auch gern erschießen?«
»Auf den wartet man in Tel Aviv.«
»Und wenn das nicht klappt?«
»Dann würde ich ihn liebend gern erschießen.«
»Ich bitte Sie in aller Form um Entschuldigung. Sie werden allmählich reichlich unbeliebt, Spatz. Aber noch übertrifft Mechtel Sie an Unpopularität. Die Israelis wollen auch ihn vor Gericht stellen. Die Griechen«, er nickte zu Ramon und Navarro hinüber. »Diese beiden Herren sind Offiziere des militärischen Geheimdienstes von Griechenland, und auch sie brennen darauf, Mechtel anzuklagen.« Er sah Hiller an und lächelte schadenfroh. »Übrigens, die beiden haben mir die Goldmünzen besorgt.« Dann wandte er sich direkt an Mechtel. »Die brasilianische Regierung ermittelt gegen Sie wegen Ausplünderung der Muscia, des Mordes an zahlreichen Stammesmitgliedern, und *ich* will Sie für den Mord an Dr. Hannibal Huston und seiner Tochter Lucy zur Verantwortung ziehen.«
Jetzt lächelte Mechtel spöttisch und ergriff zum erstenmal das Wort. »Ich fürchte, Sie wollen alle ein bißchen zuviel. Und Sie werden es leider nicht bekommen.«
Glas splitterte mit lautem Krach, und durch drei

zerbrochene Fenster sahen die drohenden Läufe dreier Maschinenpistolen herein.
Mechtel lächelte zufrieden. »Jeden, bei dem eine Schußwaffe gefunden wird, lasse ich standrechtlich erschießen. Muß ich Ihnen noch erklären, was Sie jetzt zu tun haben?«
Es war keine Erklärung nötig. Alle Waffen wurden freiwillig auf den Boden geworfen. Darunter waren zwei, von Spatz und Hiller, die selbst Hamilton entgangen waren.
»Na also.« Mechtel nickte zufrieden. »Besser als ein Blutbad, finden Sie nicht? Schwachköpfe! Was glaubt ihr denn, warum ich so lange überlebt habe? Einzig durch endlose Vorsichtsmaßnahmen. Wie etwa dieser kleine Alarmknopf, auf dem jetzt mein Fuß steht.«
Er brach ab, als vier bewaffnete Männer eintraten, und sah schweigend zu, wie sie die Gefangenen nach weiteren Waffen durchsuchten. Es fand sich keine.
»Und jetzt die Rucksäcke«, forderte Mechtel.
Auch hier verlief die Suche negativ.
Mechtel sagte: »Ich würde gern ein privates Wort mit meinem alten Freund Heinrich sprechen, der, wie es scheint, vergebens den langen Weg zurückgelegt hat. Ach ja, und mit diesem Herrn ebenfalls.« Er zeigte auf Hiller. »Das ist ja wohl ein Vertrauter meines ehemaligen Waffengefährten. Nehmt die anderen mit und sperrt sie mitsamt ihrem verdammten Gepäck in den alten Kornspeicher. Sie werden sich wohl

auf eine eingehende und, wie ich fürchte, schmerzhafte Befragung gefaßt machen müssen. Aber darüber werde ich entscheiden, wenn mein Plauderstündchen mit Heinrich beendet ist.«

10

Der alte Kornspeicher war ganz und gar aus schön behauenen und gefugten Steinen und ohne Mörtel errichtet worden. Er maß ungefähr sechs mal dreieinhalb Meter und hatte auf jeder Seite drei Vorratsverschläge. Seiten- und Trennwände bestanden aus schwerem, mit dem Breitbeil bearbeitetem Holz. In der Mitte des Lagerraums brannte eine einzige schwache Glühbirne, die von der Decke herabhing. Fenster gab es nicht, und eine einzige Tür bewachte ein Posten mit schußbereitem Karabiner. Der Raum war völlig kahl. Hamilton und seine Mitgefangenen konnten nichts tun, als einander anzustarren oder den Posten zu beobachten, der unbeweglich im Türrahmen lehnte und seine Schmeisser direkt auf sie gerichtet hatte. Er sah aus wie einer, der sich nach einem Vorwand sehnte, um die Waffe zu gebrauchen.

Navarro brach das Schweigen. »Ich mache mir Sorgen um unseren lieben Mr. Smith. Und wenn ich's recht bedenke, um Mr. Hiller ebenfalls.«

»*Deren* Leid könnt ihr vergessen«, entgegnete Hamilton. »Fürchtet lieber um euer eigenes Wohl. Wenn Mechtel mit den beiden fertig ist, was glaubt ihr wohl, wer als nächster auf seiner Liste steht zu einer kleinen Folterung mit anschließender Exekution?« Er seufzte. »Der gewissenhafte, alte Geheimagent Hamilton mußte natürlich mal wieder alles ausplaudern. Mechtel weiß jetzt, wer ich bin, wer Maria ist, und euch beide kennt er auch. Er kann uns nicht am Leben lassen, genausowenig wie Silver und Serrano.«

»Da wir gerade von Serrano sprechen. Könnte ich unter vier Augen mit Ihnen reden?«

»Nur zu.«

»Ein bißchen abseits, bitte.«

»Wenn's unbedingt sein muß.« Die beiden Männer zogen sich in eine Ecke des Raums zurück, wo Ramon leise und schnell auf Hamilton einredete. Hamilton zog die Brauen hoch, und seine Miene verriet Überraschung, was man bei ihm nur ganz selten erlebte. Dann zuckte er die Achseln, nickte zweimal, wandte sich gedankenverloren um und musterte den Posten.

»Ein großer Mann«, sinnierte er. »Meine Größe. Von Kopf bis Fuß in Schwarz: Mütze, Jacke, Hose, Schuhe. Ich muß diese Sachen haben. Und wichtiger noch, ich muß das Gewehr haben. Vor allem aber muß ich beides sehr schnell haben.«

»Kein Problem«, gab Ramon zurück. »Bitten Sie ihn einfach darum.«

Hamilton antwortete nicht. In fabelhaft gespielter Raserei biß er sich in den Ballen der linken Hand. Sofort begann das Blut zu fließen. Er preßte die Wunde so lange, bis das Blut noch heftiger floß, und schmierte es dann Ramon ins verständnislos dreinblickende Gesicht.

»Alles im Interesse der Kunst«, erklärte Hamilton. »Mann, was gibt das für 'ne Schlägerei!«

Die »Schlägerei« begann in der Ecke des Kornspeichers, die der Posten nicht einsehen konnte. Er wäre nicht von dieser Welt gewesen, hätte er dem dumpfen Geräusch schwerer Schläge, den Schreien und Flüchen nicht nachgeforscht. Er tat einen Schritt in den Speicher hinein.

Hamilton und Ramon bearbeiteten einander voller Hingabe, schlugen in scheinbar blinder Wut aufeinander ein, traten sich, boxten und waren scheinbar wild entschlossen, sich gegenseitig ins Jenseits zu befördern. Der Posten war verwirrt, aber nicht mißtrauisch. In seinem dumpfen, brutalen Gesicht blitzte kein Funken der Erkenntnis auf.

»Aufhören!« brüllte er. »Seid ihr wahnsinnig? Sofort aufhören, oder . . .«

Er hielt inne, weil Ramon unter einem scheinbar mörderischen Hieb schwankte, auf ihn zugetorkelt kam, zu seinen Füßen lang auf den Rücken schlug und die Augen im blutverschmierten Gesicht jämmerlich verdrehte. Der Posten stieg über ihn hinweg, um jedes weitere Aufflammen des Streits gleich zu ersticken. Da schlossen sich Ramons Hände um seine Knöchel.

Sechs Mann standen bereit, um drei Bahren mit leblosen, von Planen zugedeckten Gestalten aus Mechtels Zimmer zu tragen. Mechtel sagte: »Es kann tödlich sein, einen Feind länger als nötig am Leben zu lassen.« Nach kurzer Überlegung fuhr er fort: »Kippt sie in den Fluß. Man muß auch an all die armen, hungrigen Piranhas denken. Und was unsere Freunde im Kornspeicher betrifft, so glaube ich nicht, daß sie noch etwas wissen, was ich jetzt nicht erfahren habe. Ihr wißt, was zu tun ist!«

»Jawohl, Oberführer«, antwortete einer der Männer. »Wird erledigt.« Vor Erwartung verzerrte sein Gesicht sich zur abstoßenden Fratze.

Mechtel sah auf die Armbanduhr. »Ich erwarte euch in genau fünf Minuten zurück. Nachdem ihr den Piranhas den zweiten Gang vorgesetzt habt.«

In der Tür des Kornspeichers lehnte eine schwarzgekleidete Gestalt, die Schmeisser schußbereit im Anschlag. Entfernte Schritte waren zu hören, und Hamilton sah sich schnell um. Die sechs Männer, die Spatz, Hiller und Tracy davongetragen hatten, schlenderten gemächlich auf ihn zu. Ihre Karabiner hatten sie lässig über die Schulter gehängt. Hamilton starrte weiterhin ins Dunkel des Kornspeichers. Er wartete, bis seine Ohren ihm verrieten, daß die Männer nahe genug herangekommen waren, dann fuhr er herum und ließ die Schmeisser losbelfern.

Gedämpft klagte Maria: »Sie sind für Nägel mit Köpfen, wie? Sie hätten sie doch nicht umbringen müssen.«

»Tja, ich wollte eben nicht, daß sie mich umbringen. Man spielt nicht mit in die Enge getriebenen Ratten. Wir haben's hier mit verzweifelten Männern zu tun, und Sie können sich darauf verlassen, daß jeder einzelne ein ausgebildeter, erfahrener und erfolgreicher Killer ist. Ich habe wirklich keine Lust, mich für mein Handeln zu entschuldigen.«

»Und keinen Grund«, ergänzte Ramon, den diese Racheaktion ebensowenig berührt hatte wie seinen Bruder. »Nur ein toter Nazi ist ein guter Nazi. Also. Sieben Waffen haben wir! Was machen wir nun damit?«

»Wir bleiben hier, weil wir hier sicher sind. Mechtel hat vielleicht dreißig bis vierzig Mann, möglicherweise sogar mehr. Draußen im Freien würden sie uns abgeschlachtet haben.« Er blickte auf den Posten hinab, der sich zu rühren begann. »Aha! Der Junge kommt zu sich. Ich denke, wir werden ihn auf einen kleinen Spaziergang schicken, damit er seinem Chef klarmachen kann, daß es eine leichte Veränderung des *status quo* gegeben hat. Das wird Mechtel einen ganz schönen Schock versetzen, wenn der in Unterhosen reinmarschiert!«

Mechtel saß an seinem Schreibtisch und machte sich Notizen, als es an die Tür klopfte. Er warf einen Blick auf seine Uhr und lächelte zufrieden. Genau fünf Minuten waren vergangen, seit er die sechs weggeschickt hatte. Vor gut zwei Minuten hatte er die Maschinengewehrsalve gehört, die das Ende der sechs Gefangenen bedeuten mußte. Er rief: »Herein«, machte einen letzten Vermerk und sagte wohlwollend: »Sie sind überaus pünktlich.« Dann blickte er auf. Irritation und Überraschung spiegelten sich auf seinem Gesicht, und seine Augen weiteten sich. Die schwankende Gestalt, die vor ihm stand, trug nichts als eine Leinenunterhose.

Der Lagerraum war in tiefe Schatten getaucht. Sie hatten die einsame Glühbirne ausgeschaltet, und nur das Mondlicht sandte ein paar schwache Strahlen herein.

»Fünfzehn Minuten, und nichts rührt sich«, sagte Navarro. »Ist das ein gutes Zeichen?«

»Es war zu erwarten«, antwortete Hamilton. »Wir sind hier im Dunkeln. Mechtels Männer wären exponiert, wenn sie sich zeigten. Also warten sie. Was können sie tun? Uns ausräuchern, wenn der Wind günstig steht? Aber ohne Wind gibt's keinen Rauch.«

»Uns aushungern?« fragte Ramon.

»Dann leben wir wenigstens noch 'ne Weile.«

Die Zeit kroch dahin. Bis auf Navarro, der an der Tür Posten bezogen hatte, hatten sich alle hingelegt. Vielleicht versuchten sie zu schlafen, vielleicht auch nicht, jedenfalls hatten einige zwar die Augen fest geschlossen, waren aber zweifellos hellwach. »Zwei Uhr«, sagte Navarro vor sich hin. »Es sind also schon zwei Stunden vergangen. Und immer noch rührt sich nichts.«

»Ruhe da draußen, Wachposten! Ich versuche zu schlafen.« Hamilton richtete sich auf. »Ich kann bloß dummerweise nicht einschlafen. Durchaus möglich, daß sie was im Schilde führen. Ich habe keine Zigaretten mehr. Hat jemand noch welche?« Serrano reichte ihm eine Packung. »Ich dachte, Sie schlafen? Danke. Wissen Sie, ich war mir anfangs nicht ganz sicher, ob ich Ihnen glauben sollte, was Sie mir erzählt haben. Aber jetzt vertraue ich Ihnen. Also muß ich mich wohl bei Ihnen entschuldigen?« Nachdenklich hielt er inne. »Scheint bei mir direkt zur Gewohnheit zu werden.«

Neugierig erkundigte sich Ramon: »Dürfen wir den Grund für diese Entschuldigung erfahren?«

»Selbstverständlich. Serrano ist von der Regierung. Colonel Diaz hat entweder schlampig recherchiert, oder er hatte Order, mich im Dunkeln tappen zu lassen.«

»Regierung? Was tut er bei der Regierung?«

»Kultusministerium. Schöne Künste.«

»Gott steh uns bei!« stöhnte Ramon in gespielter

Verzweiflung. »Ich hätte gedacht, es gäbe in dieser gottverlassenen Gegend genug echte Geier, ohne daß wir auch noch Kulturgeier ertragen müssen. Was, in aller Welt, haben Sie hier zu suchen, Serrano?«

»Das hoffe ich selbst noch herauszufinden.«

»Wir sind wohl äußerst offen zueinander, nicht wahr, Señor Hamilton?«

»Ich habe Ihnen doch gesagt, daß ich selbst erst vor zwei Stunden davon erfahren habe.«

Ramon sah ihn vorwurfsvoll an. »Señor Hamilton, Sie machen's schon wieder.«

»Was?«

»Geheimnisvoll tun und ausweichen.«

Hamilton zuckte schweigend die Achseln. »Ein ehrlicher Zweifel erfordert keine Entschuldigung«, nahm Serrano das Thema wieder auf.

»Ein bißchen mehr steckte schon dahinter«, entgegnete Hamilton. »Ich dachte, Sie wären Hillers Mann. In Romono, wo ich Sie zum erstenmal sah. Ich muß Ihnen gestehen, daß ich Sie niedergeschlagen habe. Das Geld, das ich aus Ihrer Brieftasche genommen habe, gebe ich Ihnen natürlich zurück. Für Ihren steifen Hals kann ich leider keinen Ersatz anbieten. Verzeihen Sie mir?«

»Verzeihen, verzeihen!« fuhr Maria auf. »Mir will anscheinend niemand verzeihen.«

Alle schwiegen einen Moment betreten. Dann sagte Hamilton sehr freundlich: »Ich habe mich entschuldigt.«

»Sich entschuldigen und jemandem verzeihen ist nicht dasselbe, und Sie sind anscheinend der Meinung, daß meine Verbindung mit Smith – das ist das neutralste Wort, das ich dafür finden kann – unverzeihlich ist. Aber es kommt immer darauf an, wer sich zum Richter aufschwingt und den ersten Stein wirft. Meine Großeltern sind alle vier in Auschwitz umgekommen, und es ist durchaus möglich, daß es entweder Mechtel oder Spatz war, der sie dorthin geschickt hat. Oder beide. Ich vermute, die Welt ist es müde, ständig davon zu hören, aber es ist nun mal eine Tatsache, daß sechs Millionen Juden in den Konzentrationslagern umgekommen sind. Habe ich so unrecht gehandelt? Ich wußte genau, wenn ich es lange genug bei Smith aushielt, würde der mich zu Mechtel führen. Und er war es, den wir wirklich wollten. Für mich gab es nur eine Möglichkeit, bei ihm zu bleiben. Und so fand ich – fanden wir – Mechtel. War das so unrecht von mir?«
»Tel Aviv?« Hamilton machte sich nicht die Mühe, sein Mißfallen zu verbergen. »Noch einer dieser barbarischen Schauprozesse à la Eichmann?«
»Ja.«
»Mechtel wird die Verlorene Stadt nicht mehr verlassen.«
»Dieser Dr. Huston«, sagte Serrano behutsam. »Hat er Ihnen viel bedeutet? Und seine Tochter?«
»Ja.«
»Waren Sie hier, als sie – äh – starben?«

»Sie wurden ermordet. Nein. Ich war in Wien. Aber ein Freund von mir war hier: Jim Clinton. Er hat sie begraben. Er hat ihnen sogar ein Kreuz gesetzt und mit einem heißen Schürhaken eine Inschrift ins Holz gebrannt. Auch ihn hat Mechtel einige Zeit später umgebracht.«

»Wien?« erkundigte sich Maria. »Wiesenthal? Das Institut?«

»Was war das, junge Dame?« fragte Serrano.

»Sie sollten auf Ihre Zunge achten, Mr. Serrano, und mich nicht als junge Dame bezeichnen. Das Institut ist eine jüdische Organisationszentrale, die Kriegsverbrecher aufspürt. Basis in Österreich, und nicht in Israel. Mr. Hamilton, warum können die ihre Linke nie wissen lassen, was die Rechte tut?«

»Hängt mit der Notwendigkeit zu einer gewissen Geheimhaltung zusammen, nehme ich an. Ich weiß eigentlich nur, daß ich einen doppelten Grund für die Jagd auf Mechtel hatte. Ich habe ihn zweimal in Argentinien fast erwischt, zweimal in Chile, einmal in Bolivien und zweimal in der Kolonie 555. Ein ruheloser Mensch, immer auf der Flucht, ständig von seinen Nazi-Schlägern umringt. Aber jetzt habe ich ihn.«

»Oder umgekehrt«, meinte Serrano.

Hamilton schwieg.

»Ihre Freunde sind hier begraben?«

»Ja.«

»Ich bin hungrig und durstig«, beklagte sich Navarro. Es war eine halbe Stunde vor Tagesanbruch.

»Ihre Leiden rühren mich zutiefst«, entgegnete Hamilton spöttisch. »Verdammt, viel wichtiger ist doch, daß Sie noch am Leben sind. Ich wollte euch nicht noch mehr deprimieren. Deshalb habe ich meine Gedanken für mich behalten. Aber im Grunde war ich überzeugt, daß wir die Nacht nicht überstehen würden.«

»Und wieso das?« wollte Ramon wissen.

»Ganz einfach. Möglichkeiten sind reichlich vorhanden. Mit einer kleinen Kanone, einem Granatwerfer, irgendeiner Flakkanone oder einem Mörser hätten sie uns mühelos erledigen können. Sie hätten auch zwei oder drei ekelhafte Pfunde hochexplosiven Sprengstoffs zur Tür hereinwerfen können. Möglich, daß die Schrapnells uns nicht alle erwischt hätten, doch der Luftdruck in diesem Raum hätte uns alle umgebracht. Oder sie hätten von hinten aufs Dach des Kornspeichers kriechen und ein paar Handgranaten oder ein bis zwei Stangen Dynamit durch eine Luke werfen können. Die Wirkung wäre dieselbe gewesen. Vielleicht hatten sie von all dem Zeug gerade nichts zur Hand, was ich mir aber kaum vorstellen kann. Mechtel schleppt stets genug Waffen und Artillerie für ein ganzes Panzerbataillon mit sich herum. Möglicherweise ist er nicht auf die Idee gekommen, was ich aber ebensowenig glaube. Ich denke vielmehr, Mechtel ist der Ansicht, daß wir im

Dunkeln zu gefährlich sind. Er wartet aufs Tageslicht, damit er risikolos angreifen kann.«
Serrano sagte bedrückt: »Und bald ist Tag.«
»Ja, nicht wahr?« Im ersten schwachen Lichtschimmer des Frühlichts starrten Maria, Serrano und Silver verständnislos auf Hamilton, als der mit heiterer Miene die Kamera aus seinem Rucksack holte, sie öffnete, die Klappe löste, die das Funkgerät abdeckte, eine Antenne herauszog und ins Mikrofon sprach.
»Nachtwache«, sagte Hamilton. »Nachtwache.«
Im Empfänger knisterte es, dann kam die Antwort.
»Wir hören Sie, Nachtwache.«
»Es geht los.«
»Es geht los, jawohl. Wie viele Geier?«
»Dreißig. Vierzig. Reine Schätzung.«
»Wiederholen Sie: In Deckung bleiben. Napalm.«
»Bleiben in Deckung. Napalm.« Hamilton schaltete ab. »Nützlich, nicht wahr? Colonel Diaz ist ein äußerst umsichtiger Mann.«
»Napalm!« sagte Ramon.
»Sie haben's gehört.«
»Aber Napalm!«
»Ziemlich harte Burschen, diese Fallschirmjäger. Aber sie werden es nicht direkt einsetzen. Sie haben ja nicht die Absicht, uns damit zu bepflastern. Sie legen nur einen Ring um das Gelände. Keine besonders neue Taktik, aber äußerst wirksam.«
Hamilton drehte an einem anderen Knopf des Apparates, und ein leiser Piepton erklang.

»Peilgerät«, sagte Ramon, zu niemandem im besonderen. »Wie sollten sie uns sonst auch finden?«
»Sie haben alles bestens organisiert, nicht wahr?« Marias Stimme klang ein wenig bitter. »Nur haben Sie uns nichts davon gesagt.«
»Warum auch?« Hamilton sprach gleichgültig. »Mir sagt ja auch keiner was.«
»Wie lange werden sie brauchen, bis sie hier sind?«
»Zwanzig Minuten. Mehr bestimmt nicht.«
»Und wann ist Sonnenaufgang?«
»Ungefähr zur selben Zeit.«
»Es wird schon hell. Sie könnten angreifen, bevor Ihre Freunde hier sind.«
»Unwahrscheinlich. Erstens wird es eine Weile dauern, bis Mechtel und seine Schläger einsatzbereit sind, und wenn wir sie im Ernstfall nicht noch ein paar Minuten aufhalten könnten, hätten wir nicht verdient, es überhaupt bis hierher geschafft zu haben. Zweitens werden sie uns alle sofort vergessen, wenn sie die Motoren der Flugzeuge hören.«
Es war inzwischen fast hell geworden, aber der Hofplatz lag noch immer verlassen da. Falls Mechtel mit seinen Leuten einen Angriff vorbereitete, gingen sie dabei ungemein vorsichtig zu Werke.
Nach einiger Zeit sagte Ramon: »Motorengeräusch. Ich kann sie hören. Sie kommen von Süden.«
»Ich kann sie zwar noch nicht hören, aber wenn Sie's sagen, dann kommen sie auch. Sehen Sie übrigens, was ich sehe, Ramon?«

»Ja. Ich sehe einen Mann auf dem Kantinendach, der einen Feldstecher an die Augen hebt. Der muß auch ein recht gutes Gehör haben. In die Beine?«
»Wenn's Ihnen nichts ausmacht.«
Mit seiner charakteristischen, schwungvollen Bewegung hob Ramon das Gewehr und drückte ab. Der Mann mit dem Feldstecher brach auf dem Kantinendach zusammen, robbte nach einigen Sekunden auf beiden Händen und einem Knie davon.
»Unser Freund, Oberführer Mechtel«, meinte Hamilton, »hat wohl etwas den Kopf verloren, sonst hätte er sich nicht zu einer so törichten Idee hinreißen lassen. Ich glaube, von nun an wird er keine Himmelsbeobachter mehr schicken.« Er hielt inne. »Jetzt kann ich sie auch hören.«
Das Geräusch der Motoren war nun nicht mehr zu verkennen und steigerte sich noch, je näher die Maschinen kamen. Schließlich schwoll der Lärm zu beinahe unerträglicher Stärke an, und drei riesige Truppentransporter senkten sich zwischen den widerhallenden Felswänden der Klippen herab.
»Ich glaube, wir gehen jetzt hinein«, meinte Hamilton.
In der Tür blieb Maria stehen. »Darf ich zuschauen?« Hamilton jedoch stieß sie unsanft hinein und schob sie hinter eine der hölzernen Trennwände, wo auch er stehenblieb.
»Napalm, Sie Närrin! Es könnte was von dem Zeug rumfliegen.«

»Granaten? Bomben?«
»Himmel! Dies ist ein historisches Bauwerk.«
Kurz darauf – sie mußte schreien, um den Lärm zu übertönen – klagte sie: »Was für ein fürchterlicher Geruch.«
»Napalm.«
»Sollten wir ... sollten wir nicht hinausgehen und ihnen helfen?«
»Ihnen helfen? Wir wären ihnen bloß im Weg. Glauben Sie mir, diese Burschen brauchen keine Hilfe. Und haben Sie vielleicht schon mal dran gedacht, daß die uns wahrscheinlich abknallen würden, bevor wir auch nur drei Schritte durch diese Tür hinaus gemacht haben? Sie wissen doch nicht, wer wir sind, und Fallschirmjägerkommandos haben die seltsame Angewohnheit, erst zu schießen und dann nach dem Namen zu fragen. Ein bißchen Zurückhaltung und Geduld bitte, bis hier wieder Ruhe und Frieden herrschen.«
Dieser Zustand kehrte innerhalb von zwei Minuten ein. Der Motorenlärm erstarb. Eine Art Hupe ertönte, vermutlich zur Entwarnung. Es war kein einziger Schuß gefallen.
»Ich denke, der unerschrockene Captain Hamilton und seine tapfere Besatzung können es jetzt riskieren, einen Blick nach draußen zu werfen«, sagte Hamilton. Einer nach dem anderen traten sie durch die Tür.
Auf dem Platz vor der Zikkurat standen drei Trup-

pentransporter. Die Ruinen der antiken Stadt waren eingehüllt in den Rauch des immer noch brennenden Napalm. Mindestens fünfzig Fallschirmjäger, alle hart, durchtrainiert und tüchtig und bis an die Zähne bewaffnet, hielten ungefähr drei Dutzend Leute aus Mechtels Truppe in Schach, während vier Soldaten, unter ihnen einer mit einem Karton voller Handschellen, die man eigens zu diesem Zweck mitgebracht hatte, von einem zum anderen gingen und ihnen die Hände auf dem Rücken fesselten. Vor der Front der Gefangenen stand Mechtel persönlich; ihm hatte man bereits Handschellen angelegt.

Als Hamilton und seine Leute die Mitte des Platzes erreichten, kam ihnen ein Offizier entgegen, um sie zu begrüßen.

»Mr. Hamilton?« fragte er. »Major Ramirez. Zu Ihren Diensten.«

»Sie haben uns bereits mehr als genug Dienste geleistet.« Sie schüttelten einander die Hände. »Wir sind Ihnen überaus dankbar. Das war eine hervorragende Leistung.«

»Meine Männer sind enttäuscht«, entgegnete Ramirez. »Wir hatten eine etwas – äh – anspruchsvollere Übung erwartet. Möchten Sie jetzt gleich fort?«

»In einer Stunde, wenn's geht.« Hamilton deutete auf Mechtel. »Ich würde gern noch mit diesem Mann dort sprechen.«

Zwei Soldaten brachten Mechtel herüber. Sein Gesicht war grau und ausdruckslos.

»Major«, sagte Hamilton, »dies ist SS-Oberführer Wolfgang Mechtel.«
»Der letzte der berüchtigten Nazi-Kriegsverbrecher? Muß ich ihm die Hand geben?«
»Nein.« Hamilton musterte Mechtel nachdenklich. »Sie haben Standartenführer Spatz ermordet. Und Hiller. Dazu Dr. Huston, seine Tochter, zahllose Muscia und Gott weiß wie viele andere Menschen noch. Aber jede Straße endet irgendwo. Mit Ihrer Erlaubnis, Major, hätte ich Mechtel gern etwas gezeigt.«
In Begleitung eines Trupps von Soldaten, ausgerüstet mit Spaten, starken elektrischen Stablampen und zwei großen, batteriebetriebenen Scheinwerfern begaben sie sich zum Fuß der Zikkurat.
»Diese Zikkurat ist einzigartig«, erklärte Hamilton. »Alle anderen, die wir kennen, sind durch und durch massiv. Diese jedoch wurde ausgehöhlt und ist, wie die ägyptischen Pyramiden, von Gängen durchzogen. Bitte folgen Sie mir.«
Er führte sie einen gewundenen, bröckeligen Gang entlang, der in eine niedrige, gewölbte Höhle mit glatten Wänden mündete, aus der kein anderer Weg hinauszuführen schien. Der Boden war mit losen Felsbrocken und bis zu einer Höhe von dreißig bis sechzig Zentimetern mit einer Unmenge Geröll bedeckt. Hamilton sagte etwas zu Ramirez und zeigte auf eine bestimmte Stelle. Sofort machten sich acht Soldaten mit ihren Spaten daran, sie freizulegen. In-

nerhalb kürzester Zeit war ein Platz von ungefähr zwei Metern im Quadrat geräumt, und ein Steinblock mit Eisenringen an beiden Enden wurde sichtbar. Brechstangen wurden in die Ringe geschoben, und der Block konnte mit beträchtlicher Anstrengung herausgehoben werden.

An der Öffnung im Boden wurde eine flache Steintreppe sichtbar. Sie stiegen hinunter, gingen einen roh behauenen Gang entlang und blieben vor einer schweren Holztür stehen.

»Also, Serrano«, sagte Hamilton, »jetzt kriegen Sie Ihre Belohnung. Und was Sie angeht, Mechtel, so seien Ihre letzten Gedanken auf Erden der bitteren Ironie Ihres Schicksals gewidmet. Für das, was hinter dieser Tür liegt, hätten Sie Ihr Herz und Ihre Seele gegeben – falls Sie so etwas jemals besessen haben –, aber Sie haben all die Jahre lang darüber gehockt und sich nicht einmal träumen lassen, was hier verborgen liegt.«

Er machte eine gedankenverlorene Pause, dann fuhr er fort: »Es ist ein bißchen dunkel da drin. Es gibt weder Fenster noch künstliches Licht. Major, würden Sie Ihre Leute bitten, sämtliche Taschenlampen und Scheinwerfer einzuschalten? Die Luft wird wohl ein bißchen modrig sein, aber es wird Sie kaum umbringen. Ramon, Navarro, helft mir mal mit der Tür.«

Die Tür erwies sich als recht widerspenstig, aber dann öffnete sie sich schließlich doch mit einem ge-

heimnisvollen Knarren. Hamilton ergriff einen Scheinwerfer und trat über die Schwelle, die anderen drängten nach.
Die große, rechteckige Höhle war aus dem gewachsenen Fels gehauen. Alle vier Seiten waren mit gestuften Regalen bedeckt, die bis zu vierzig Zentimeter tief waren. Der Anblick, der sich ihnen bot, war überwältigend. Die gesamte Höhle glänzte und glitzerte von Tausenden und Abertausenden von Geräten aus massivem Gold.
Es gab Schalen, Krüge und Bestecke aus massivem Gold. Es gab Helme, Schilde, Spangen, Halsketten, Büsten und Figuren aus massivem Gold. Es gab Glocken, Flöten, Okarinas, Vasen, Brustharnische, Filigrankopfputze und -masken aus massivem Gold. Es gab Affen, Alligatoren, Schlangen, Adler, Kondore, Pelikane, Geier und Jaguare aus massivem Gold. In ihrer Mitte prangte majestätisch ein goldener Stierkopf. Am Boden standen ein halbes Dutzend offener Kisten, in denen ein unbeschreiblicher Schatz von Edelsteinen gleißte und funkelte, über die Hälfte davon Smaragde. Es war eine Schatzkammer, die alle habgierigen Träume aufs unvorstellbarste überstieg.
Es schien, als werde das ehrfürchtige Schweigen ewig dauern. Serrano war schließlich der erste, der etwas sagte.
»Der verlorene Schatz der Indios. Das sagenhafte Eldorado, von dem Millionen geträumt haben. Die

Spanier waren immer der Meinung, daß irgendein entflohener Stamm einen ungeheuren Schatz wie diesen mit sich nahm. Seitdem hat die Menschheit an diesen Mythos geglaubt, und Tausende haben ihr Leben bei der Suche nach dem Eldorado verloren. Aber es war kein Mythos, keine Legende.«

Serrano wagte kaum, seinen eigenen Augen zu trauen.

»Eldorado war ein Mythos«, sagte Hamilton. »Aber der Goldschatz existierte, nur hat man fälschlicherweise in den Guianas nach ihm gesucht, da man glaubte, es handele sich um den Kronschatz der Inkas. Aber der war es nicht. Die Künstler, die diese Meisterwerke formten, waren die Chibcha aus dem Cauca-Tal, die größten Meister der Goldschmiedekunst seit Anbeginn der Menschheit. Für sie stellte das Gold keinen Handelswert dar, es hatte ausschließlich ästhetischen Reiz.«

»Und die Spanier hätten alles eingeschmolzen und es in Barrenform nach Hause heimgeschickt. Mr. Hamilton, Sie haben der Welt der Kunst einen unschätzbaren Dienst geleistet. Und Sie waren der einzige außer den Indios, der von diesem Schatz gewußt hat. Sie hätten der reichste Mann der Welt werden können.«

Hamilton zuckte die Achseln. »Einmal ein Chibcha, immer ein Chibcha.«

»Was soll denn nun daraus werden?« erkundigte sich Ramirez.

»Ein Nationalmuseum. Die rechtmäßigen Eigentümer, die Muscia, werden hierher zurückkehren und Hüter des Schatzes sein. Nur wenige werden, befürchte ich, dies alles sehen. Nur einige akkreditierte Gelehrte von internationalem Ansehen, und von denen auch jeweils nur ein paar. Die brasilianische Regierung, die bis jetzt noch nicht einmal die Lage dieser Verlorenen Stadt kennt, ist fest entschlossen, die Muscia, oder was noch von ihnen übrig ist, nicht durch die Zivilisation ausrotten zu lassen.«

Hamilton sah Mechtel an, der wie in Trance auf das immense Vermögen starrte, das so lange unter seinen Füßen geruht hatte. Er war überwältigt.

»Mechtel!« sagte Hamilton. Langsam wandte Mechtel den Kopf und starrte ins Leere.

»Kommen Sie mit. Eines muß ich Ihnen noch zeigen.«

Hamilton führte sie in eine zweite, weit kleinere Höhle. Am anderen Ende standen nebeneinander zwei Steinsarkophage. Über jedem war ein einfaches Tannenholzkreuz mit eingebrannter Inschrift angebracht.

»Die hat ein Freund von mir gemacht, Mechtel«, erklärte Hamilton. »Jim Clinton. Erinnern Sie sich an Jim Clinton? Das sollten Sie jedenfalls. Schließlich haben Sie ihn kurz darauf umgebracht. Lesen Sie die Inschriften. Lesen Sie sie laut vor.«

Noch immer in dieser seltsam blicklosen Art sah Mechtel langsam in die Runde, erkannte schließlich

Hamilton und begann zu lesen: »Dr. Hannibal Huston. R.I.P.«
»Und weiter?« forderte Hamilton.
»Lucy Huston Hamilton. Geliebte Frau von John Hamilton. R.I.P.«
Alle starrten Hamilton an. Das langsame Begreifen der Zusammenhänge traf sie wie ein Schock.

»Ich bin ein toter Mann«, sagte Mechtel tonlos.
Von Ramon, Navarro, Mechtel und den übrigen dicht gefolgt, schritt Hamilton auf einen der Hubschrauber zu, die vor der Zikkurat parkten, nur wenige Meter vom Rand des Plateaus entfernt. Plötzlich lief Mechtel, die Hände noch auf dem Rücken gefesselt, auf den Abgrund zu. Ramon wollte hinter ihm her, doch Hamilton hielt ihn am Arm zurück.
»Lassen Sie ihn. Sie haben doch gehört, was er gesagt hat. Er ist ein toter Mann.«